이 책은 2009년도 정부재원(교육과학기술부 인문사회연구역량강화사업비)으로 한국학술진흥재단의 지원을 받아 연구되었음(KRF-2009-322-A00093).

明代女性作家叢書❻黃峨詩詞曲

꿈은 구름 낀 저 남방에

명대여성작가총서

발간에 부쳐…

2008년 9월 설립된 이화여자대학교 중국문화연구소는 기존 어문학 중심의 연구에서 벗어나, 세부적인 학문 영역에 국한되지 않는 포괄적이고 심도 있는 전문 중국학 연구의 구심점이 되기 위해 노력하고 있습니다. 폭넓은 시야와 안목을 가진 전문 인력을 확보하고 다양한 정보를 공유함으로써 새로운 방법론을 창안할 연구 공간으로의 역할을 모색하고 있습니다. 특히 지역학 및 지역문화 연구, 여성문학 연구, 학제 간 연구를 중심으로 한 차별화된 전략을 통해 학문적 국제경쟁력을 강화하고 있습니다. 또한 급변하는 동아시아 및 국제사회에 적극적으로 대처하기 위해 실용성을 추구하면서 한중양국의 문화 창달에 기여하고 있습니다.

2009년 7월부터 본 연구소 산하 '중국 여성 문화·문학 연구실'에서는 '명대 여성작가 작품 집성—해제, 주석 및 DB 구축'이라는 프로젝트를 수행하게 되었습니다(한국연구재단 2009년 기초연구과제 지원사업, KRF—2009—322—A00093).

곧 명대 여성문학 전 작품을 대상으로 자료를 수집하여 주석, 해제하고 이에 대한 데이터베이스 구축을 위해 방대한 분량의 원문을 입력하는 작업으로, 이미 상당 부분 진행되었습니다. 정리 작업을 진행하면서 중요 작가를 중심으로 작품의 성취가 높은 것을 선별해 일반 독자에게 알리기 위해 연구총서의 일환으로 이를 번역, 출판하게 되었습니다.

이와 같은 연구 성과는 한국·중국 고전문학 내지는 여성문학 연구의 중요한 토대를 마련할 뿐 아니라, 동서양의 수많은 여성문학 연구가들에게 편의를 제공하게 될 것입니다.

이화여자대학교 중국문화연구소

소장 이 종 진

출판 서

    이화여자대학교 중국문화연구소는 한국연구재단의 지원 하에 「명대(明代) 여성작가(女性作家) 작품 집성(集成)―해제, 주석 및 DB 구축」이라는 과제를 수행하고 있습니다.

    2009년 7월부터 시작된 본 과제는 명대 여성들이 지은 시(詩), 사(詞), 산곡(散曲), 산문(散文), 희곡(戲曲), 탄사(彈詞) 등의 원문을 수집 정리하여 DB로 구축하고 주석 해제하는 사업으로 3년에 걸쳐 진행됩니다. 연구원들은 각자의 전공에 따라 자료를 수집 정리해 장르별로 종합한 뒤 작품을 강독하면서 주석하고 해제하고 있습니다. 이런 과정에서 우수 작가와 작품을 선별하여 출간하는 것이 본 사업의 의의를 확대할 수 있다고 판단되어 연차별로 4~5권씩 번역 출간하는 계획을 수립하였습니다.

    본 과제를 수행하는 데는 적지 않은 어려움이 따랐습니다. 첫째는 원 자료 수집의 어려움이었습니다. 북경, 상해, 남경의 도서관을 찾아다니면서 대여조차 힘든 귀중본을 베끼고, 복사하거나 촬영하는 수고로움을 마다하지 않았습니다.

    둘째는 작품 주해와 번역의 어려움이었습니다. 전통시기의 여성 작가이기에 생애와 경력이 거의 알려지지 않은 경우가 대부분이어서 작품 배경을 살피기가 용이하지 않았습니다. 따라서 주해나 작품 해석에서 부딪치는 문제가 적지 않아 이를 해결하는 데 많은 수고가 따랐습니다.

    셋째는 작가와 작품 선별의 어려움이었습니다. 명청대 여성 작가에 대한 자료의 수집, 정리는 중국에서도 이제 막 시작된 분야이기 때문에 연구의 축적 자체가 적은 편입니다. 게다가 중국 학계에서는 그나마 발굴된 여성 작가 가운데 명대(明代)에 대한 우국충정(憂國衷情)이 강한 작가를 높이 평가하고 있습니다. 그러나 작품의 가치를 평가할 때 우국충정만이 잣대가 될 수는 없을 것입니다. 연구원들은 기존 연구가 전무하거나 편협한 상황 하에서 수집된 자료 가운데 더욱 의미 있는 작품을 고르기 위해 작품을 다각적으로 분석하고 여러 번 통독하는 수고를 감내했습니다.

우리 5명의 연구원과 박사급 연구원은 본 과제를 수행하기 위해 끝이 보이지 않는 수고를 감내하였습니다. 매주 과도하게 할당된 과제를 성실히 수행했을 뿐만 아니라 출간 계획이 세워진 다음에는 매주 두세 차례 만나 번역과 해제를 면밀히 검토하였습니다. 출간에 즈음하여 필사본의 이체자(異體字) 및 오자(誤字) 문제의 자문에 응해주신 중국운문학회회장(中國韻文學會會長), 남경사대(南京師大) 종진진(鐘振振)교수에게 감사드리며 아울러 윤독회에 빠지지 않고 참여해 주신 최일의 선생에게 심심한 감사를 전합니다.

본 작품집의 출간을 통해 이제껏 학계에서 간과되어 온 명대 여성작가와 작품들이 널리 알려져 명대문학이 새롭게 조명됨은 물론 명대 여성문학에 대한 평가가 새로워지길 바랍니다. 아울러 한중여성문학의 비교연구가 활발하게 시작되는 계기가 마련되길 기대합니다.

끝으로 본 기획의 가치를 높이 평가하고 쉽지 않은 출간에 선뜻 응해 준 '도서출판 사람들'에 깊은 감사를 표합니다.

2011년 2월

이화여자대학교 중국문화연구소
소장 이 종 진

역자서문

황아(黃峨)와 처음 만나게 된 계기는 산곡이었다. 명대 여성문학 연구를 시작한 지 거의 1년이 되어갈 즈음, 황아의 산곡을 접하게 되었다. 산곡이라는 장르 자체가 익숙하지 않았던 탓이기도 했지만, 황아의 산곡은 그야말로 버거움 그 자체였다. 어떻게 접근해야 하는지, 어떤 지점에서 감상의 포인트를 찾아야 하는지 참으로 막막하였다. 포기하여 던져두었다가 다시 찾고 하기를 몇 번이나 반복하다 보니 어느새 5년이라는 시간이 흘렀다.

그렇게 좀처럼 좁혀지지 않을 것 같은 거리가 점차 사라지고 나니, 황아의 작품은 그야말로 새로움이 가득한 신세계였다. 이청조(李淸照, 1081~1411?)나 주숙진(朱淑眞, 1130년 전후 생존) 등 여성문인의 작품에서 볼 수 없는 발랄함, 남성문인의 화법을 흉내 내지 않으면서 독특한 감각을 표현하는 섬세함, 그러면서도 규방 여성의 내면을 누구보다 곡절하게 그려낸 황아의 작품은 명대 여성문학 뿐 아니라 중국여성문학 전체를 두고 볼 때, 독보적인 존재라 하여도 과언이 아니다.

그리하여 처음에는 황아의 산곡에 빠져들어 연구를 시작하였다가 그 모든 작품을 찾아내어 완역하는 데까지 이르렀다. 본 역서는 현재 황아가 지었다고 전해지는 모든 작품들을 수집하여 완역한 것으로 시 10수, 사 3수, 산곡 70수(소령 65수, 투수 5수)를 수록하였다. 황아의 작품에서 산곡이 절대적인 부분을 차지하는데, 산곡의 경우 모두 『전명산곡(全明散曲)』를 참조하였고, 시와 사는 『황아시사곡상석(黃峨詩詞曲賞析)』과 『명사종(明詞綜)』 등을 참조하였다.

황아의 작품에 접근하는 데 가장 까다로운 것은 산곡의 작자 문제이다. 황아의 산곡은 남편 양신(楊愼, 1488~1559)의 작품과 함께 명대부터 이미 사람들의 입에 자주 오르내렸고, 그 인기 때문에 당시 출판

계에서는 양신과 황아의 작품을 한 데 묶어 출판하는 경우가 적지 않았다. 『전명산곡』에서 인용한 『양부인사곡(楊夫人詞曲)』은 『양승암부인사곡(楊升庵夫人詞曲)』 5권으로, 그 중에서 양신의 작품으로 추정되는 작품도 제법 수록되어있다. 하지만 이를 임의로 판단하여 제외시킬 수는 없었기에, 본 역서에서는 『전명산곡』에 수록된 황아의 작품 모두를 역주하였다.

이에 본 역서는 황아 연구에 중요한 토대가 된다는 점에서 학술적 가치를 확보한다고 하겠다. 또한 그간 소외되어온 연구 대상을 발굴하여 중국문학 연구의 경계를 확대하는 계기가 되고, 명대 여성문학을 비롯하여 중국 여성문학 및 비교여성문학 연구에도 학술적으로 기여하는 바가 있기를 기대해본다.

원문의 뜻에 더욱 가까이 다가가기 위해 읽고 또 읽고 수정하는 과정만 벌써 몇 년째, 그렇게 시간을 끌어왔으나 여전히 부족한 점이 남아있다. 하지만 그 어찌할 수 없는 빈틈들을 이제는 더 이상 붙들고 있을 수 없어 손에서 내려놓는다. 그리고 기쁜 마음으로 여러 독자 선생님들의 질정(叱正)을 기다리며, 한 걸음 더 고전의 숲으로 깊이 들어가고자 한다. 부족한 작업이지만 그 옛날 치열하게 살았던 여성문인의 삶을 함께 느낄 수 있어서 그것만으로도 참으로 행복한 시간이었다. 때로 그 진솔한 노랫가락에 시린 마음을 위로받을 수 있었으니까.

늘 열정적으로 독려해주신 이종진 선생님, 윤독회에 나오셔서 도움을 주신 최일의 선생님, 명대 여성 문학을 함께 연구해온 김의정, 강경희, 이은정 선생님께 감사드린다. 그리고 명대 여성 산곡의 가치와 의미를 알아봐 주시고, 이를 흔쾌히 책으로 내어주신 도서출판 「사람들」의 사장님께도 감사드린다.

2014년 6월
역주자 삼가 씀

차 례

··

시(詩)

사(詞)

곡(曲)

소령(小令)

시(詩)

閨中卽事

金釵笑刺紅窗紙,
引入梅花一線香.
螻蟻也憐春色早,
倒拖花瓣上東墙.

『黃峨詩詞曲賞析』

규방에서

웃으면서 금비녀로 붉은 창호지 찔러
한 가닥 매화향기 끌어들이네.
개미도 때 이른 봄기운이 좋은지
꽃잎에 매달려 동쪽 담장에 오르네.

『황아시사곡상석』

【해설】 이 작품은 황아가 시집가기 전에 쓴 7언 절구이다. 봄 날 규방에서 바라본 풍경을 사실적으로 묘사한 작품이다. 제1~2구는 종이창을 찢어 매화 향을 맡으려는 황아의 모습을 그려내었고, 제3~4구는 매화를 타고 올라 동쪽 담장으로 옮겨가는 개미를 묘사하였다. 천진난만하고 재기발랄한 소녀 시절의 황아 모습이 고스란히 담겨있다. 봄 규방의 풍경을 읊는 작품에서 개미를 소재로 한 경우는 거의 드문데, 세심한 관찰력으로 개미의 모습을 시에 담아낸 독창력이 돋보인다.

文君1)

臨邛重客蜀相如,
被服容冶人閑都.2)
上宮煙娥笑迎客,3)
繡屏六曲紅氍毹.
霰珠穿簾洞房晚,
歌倚瑤琴半羞懶.
天寒日暮可奈何,
掛客冠纓玉釵冷.4)

『黃峨詩詞曲賞析』

명 두근(杜菫)의 「청금도(聽琴圖)」

1) 『흠정사보(欽定詞譜)』에는 제목이 「미인부(美人賦)」로 되어있다.
2) 閑都(한도): 문아하고 준수하다. 『한서(漢書)·사마상여전(司馬相如傳)』에는 "대저
   청금(靑琴)과 복비(宓妃)의 무리는 미모가 세속과는 달라 아름답고 문아했다(夫靑
   琴·宓妃之徒, 絶殊離俗, 妖冶閑都)"라는 문장이 있는데, 안사고(顏師古)의 주에 "한
   도는 문아하고 아름답다(閑都, 雅麗也)"라고 되어있다.
3) 上宮(상궁): 미인의 거처. 사마상여의 「미인부(美人賦)」에 "정(鄭)나라와 위(衛)나라
   를 지나고 상중(桑中)을 거쳐 아침이면 진수(溱水)와 유수(洧水)에서 출발하고 저녁
   이면 상궁에서 머문다(途出鄭衛, 道由桑中. 朝發溱洧, 暮宿上宮)"라는 구절이 있다.
   煙娥(연아): 미인.
4) 掛客(괘객): 사괘(斜掛)로 된 판본도 있으며 "비스듬히 걸려있고"로 해석된다.

탁문군

임공현의 귀한 손님 사마상여
잘 차려입은 모습 인물이 준수하네.
상궁의 미인들 웃으며 손님을 맞는데
열두 폭 수놓인 병풍과 붉은 양탄자라네.
눈송이가 주렴으로 날아드는 규방은 저무는데
금에 맞춰 노래하니 수줍어서 늘어지네.
추운 하늘에 날 저무니 어찌 하겠는가
관과 갓끈 걸려있고 옥비녀는 싸늘하네.

『황아시사곡상석』

【해설】 이 작품은 황아가 시집가기 전에 쓴 7언 율시이다. 탁문군과 사마상여의
이야기를 빌어 자신이 꿈꾸는 아름다운 사랑을 그려내었다. 제1~4구에서는 준
수하고 멋진 모습의 사마상여가 탁문군을 만나러 온 상황을 묘사하였고, 제5~8
구에서는 사마상여와 탁문군이 규방에서 만난 장면을 표현하였다. 사마상여가
금을 타고 이에 맞추어 노래하는 탁문군의 마음을 "수줍어서 늘어지네(羞懶)"라
는 동작표현으로 잘 드러내었다. 마지막 구는 색정적인 분위기까지 물씬 풍겨
황아의 발랄하고 솔직한 내면을 느낄 수 있다.

鶯鶯

春風戶外花蕭蕭,
綠窗繡屏阿母嬌.[5]
白玉郎君恃恩力,
尊前心醉雙翠翹.
西廂月冷蒙花霧,
落霞零亂牆東樹.
此夜靈犀已暗通,[6]
玉環寄恨人何處.

『黃峨詩詞曲賞析』

명 구영(仇英)의 「최앵앵조상(崔鶯鶯造像)」

---

5) 阿母(아모): 유모(乳母). 여기서는 앵앵의 시녀 홍랑(紅娘)을 가리킨다.
6) 靈犀已暗通(영서이암통): 무소뿔 무늬처럼 이미 몰래 통했다. 무소뿔의 하얀 무늬
   가 서로 이어지면 감응이 일어난다고 했기 때문에 이로써 두 사람의 마음이 서로
   통했음을 비유한다.

최앵앵

문밖의 봄바람에 꽃은 팔랑팔랑
푸른 창 수놓인 병풍 앞에 홍랑이 곱네.
백옥 같은 낭군의 은혜를 믿기에
술잔 앞에서 마음 취하니 한 쌍의 비취깃털.
달빛 싸늘한 서쪽 사랑채에 꽃 안개 덮이고
지는 노을은 담장 동쪽의 나무에 흩어지네.
이 밤 무소뿔 무늬처럼 이미 몰래 통했건만
옥팔찌의 여인 한을 부치려 해도 그이는 어디 있나?

『황아시사곡상석』

【해설】 이 작품은 황아가 시집가기 전에 쓴 7언 율시이다. 「탁문군」의 경우와 마찬가지로, 『서상기(西廂記)』의 앵앵(鶯鶯)과 장생(張生)의 이야기를 빌어 마음 속으로 갈망하는 아름다운 사랑을 그려내었다. 제1~4구는 봄날 시녀 홍랑이 시중을 드는 가운데 장생과 앵앵이 서로 만난 장면을 묘사하였고, 제5~8구는 두 사람이 함께 밤을 보내는 모습을 은유적으로 표현하였다. 『서상기』에서 장생과 앵앵은 첫눈에 반해 사랑하는 사이가 되었지만, 잠시 헤어지는 과정을 겪게 된다. 마지막 구는 바로 앵앵이 장생과 이별한 뒤 느끼는 한스러운 심경을 묘사한 것이다.

19

庭榴

移來西域種多奇,
檻外緋花掩映時.
不爲秋深能結實,
能于夏半爛生姿.
翻嫌桃李開何早,
獨秉靈根放故遲.
朵朵如霞明照眼,
晚凉相對更相宜.

『黃峨詩詞曲賞析』

석류나무

정원의 석류나무

서역에서 옮겨와 품종이 너무 특이한데
난간 밖에 붉은 꽃이 어른대누나.
가을 깊기 전에 열매 맺을 수 있고
한여름에 찬란하게 자태 뽐낼 수 있다네.
너무 일찍 피는 도리화가 오히려 싫었는지
일부러 더디 피는 신령한 뿌리 잡고 있구나.
송이송이 붉은 놀처럼 환히 내 눈을 비추는데
시원한 저녁에 마주하니 더욱 좋구나.

『황아시사곡상석』

【해설】 이 작품은 석류나무를 읊은 7언 율시이다. 1519년 양신(楊愼)과 결혼하
여 신도현(新都縣) 장원부(壯元府) 서쪽 유각(榴閣)에서 지낼 때 지은 작품이다.
전반부는 한여름에 피는 석류꽃의 아름다운 자태를 노래하였고, 후반부는 저녁
노을 속에 바라본 석류꽃의 모습을 표현하였다. 붉은 노을과 석류꽃의 조합은
이 작품에 매우 강렬한 시각적 효과를 불어넣는다. 또한 석류는 다산의 상징으
로, 석류를 읊으면서 풍요로움과 안녕을 기원하는 새댁의 마음도 엿볼 수 있다.

別意

才經賞月時,
又度菊花期.
歲月東流水,
人生遠別離.

『黃峨詩詞曲賞析』

이별하는 심정

막 달구경하는 시기 지났나했더니
또 국화 감상하는 계절 지나가네.
세월은 동쪽으로 흘러가는 강물
인생에서 아득히 임 떠나보내었네.

『황아시사곡상석』

【해설】이 작품은 남편 양신과 이별한 슬픔을 쓴 5언 절구이다. 시의 내용으로
볼 때, 1524년 겨울 양신과 이별한 후부터 1526년 7월 함께 운남으로 내려가기
전에 지어진 작품으로 추정된다. 늦가을, 시간이 가는 아쉬움 속에서 느끼는 이
별의 슬픔을 노래하였는데, 남편이 빨리 돌아오기를 바라는 마음이 담겨 있다.

寄外

雁飛不曾到衡陽,
錦字何由寄永昌. 7)
三春花柳妾薄命,
六詔風煙君斷腸. 8)
日歸日歸愁歲暮,
其雨其雨怨朝陽.
相憐空有刀環約,
何日金鷄下夜郎. 9)

『黃峨詩詞曲賞析』

---

7) 永昌(영창): 영창부(永昌府). 지금의 운남성(雲南省) 보산시(保山市)이다.
8) 六詔(육조): 운남(雲南) 및 사천(四川) 서남부의 여섯 부락에 대한 통칭. 여섯 부락
   은 몽준조(蒙嶲詔)·월석조(越析詔)·낭궁조(浪穹詔)·등섬조(邆睒詔)·시랑조(施浪
   詔)·몽사조(蒙舍詔)를 말한다. 조(詔)는 우두머리라는 뜻으로 그 우두머리가 여섯
   이었기 때문에 육조라고 불렀다.
9) 金鷄(금계): 금계장(金鷄仗). 옛날에 사면 조서를 내릴 때 사용했던 의장으로 의장
   끝에 금계 모양을 새겨 넣었다.
   夜郎(야랑): 귀주성(貴州省) 관령현(關嶺縣) 일대. 당(唐) 이백(李白)이 야랑으로 유
   배 가던 도중 사면을 받았다. 여기서는 이백이 야랑으로 가는 도중 사면을 받았듯
   이 남편 양신도 사면받기를 바란다는 의미이다.

남편에게 부치다

기러기도 형양까지 날아가지 못하는데
금자시는 무슨 수로 영창부에 부칠까요.
봄 석 달 꽃 버들 필 때 저는 불행하고
육조 땅의 안개 낀 곳에서 당신은 애끓지요.
날이면 날마다 돌아오실까 한 해 감을 근심하고
비오면 올 때마다 아침 햇살 원망하지요.
돌아올 기약 헛되이 갖고서 안타까워하니
언제나 사면의 조서가 야랑에 내려질까요.

『황아시사곡상석』

【해설】 이 작품은 1524년 양신이 운남으로 폄적되어간 후에 쓴 7언 율시이다.
양신이 돌아올 날만 기다리는 황아의 마음이 애절하게 표현되었다. 제1~4구는
양신과의 연락이 끊어져 애타는 마음을 노래하였고, 제5~8구는 헛된 희망인 줄
알면서도 양신이 곧 사면되어 돌아오리라는 기대감을 서술하였다. 양신에 대한
그리움과 사면에 대한 기대감을 통해 이 작품이 양신의 유배생활이 얼마 되지
않았을 때 지어졌음을 알 수 있다.

失題

涙珠紛紛滴硯池，
斷腸忍寫斷腸詩.
自從那日同攜手，
直到而今懶畫眉.
無藥可療長恨夜，
有錢難買少年時.
殷勤囑咐春山鳥，
早向江南勸客歸.[10]

『黃峨詩詞曲賞析』

---

10) 강남(江南): 여기서는 운남(雲南) 일대의 남방을 가리킨다.

제목 없이

눈물방울 후드득 벼룻물에 떨어지는데
애절하게 참으며 단장시를 쓰고 있다.
함께 손잡았던 그날로부터
눈썹 그리기 귀찮아진 지금의 일까지.
약 없어도 한스러운 긴 밤 치료할 수 있지만
돈 있어도 청춘시절은 사기 어려워라.
은근히 봄 산의 새에게 부탁하노니
강남에서 나그네 빨리 돌아오게 해주렴.

『황아시사곡상석』

【해설】 이 작품은 양신이 운남으로 폄적 간 이후에 쓴 7언 율시이다. 제1~4구는 양신과 만났던 첫 순간부터 홀로 지내는 지금까지, 슬픔과 그리움을 시로 적어 내고 있다고 하였고 제5~8구는 홀로 보내는 청춘시절이 안타까워 양신이 빨리 돌아오길 바라는 심정을 묘사하였다. 황아의 상황은 많이 달라졌지만 그래도 양신이 돌아오길 바라는 마음은 한결같았음을 알 수 있다.

寄升庵 其一

丈夫本是四方客,
妾爲離愁心似結.
公義私情不兩全,
願君早向凌烟勒.[11]

『黃峨詩詞曲賞析』

---

11) 凌烟勒(능연늑): 능연각(凌烟閣)에 새기다. 즉 공적(功績)을 세운다는 의미이다. 당
    (唐) 태종(太宗)은 정관(貞觀) 17년(643) 능연각에 천하를 함께 평정한 공신(功臣)
    24명의 도상(圖像)을 그려 넣었다.

남편 승암에게 부치며 제1수

당신은 본래 천지사방 나그네라
저는 이별의 수심으로 마음이 맺힌 듯해요.
공적인 일과 사적인 정은 함께할 수 없으니
당신이 빨리 능연각에 공적 새기길 원해요.

『황아시사곡상석』

【해설】 이 작품은 운남으로 폄적된 양신에게 보내는 편지 형식의 7언 절구이다.
제1~2구는 운남으로 폄적 간 양신 때문에 자신이 이별의 슬픔 속에 지내고 있음
을 전하고 있다. 제3~4구는 남편 양신이 빨리 운남에서 돌아와 더 큰 일을 하길
바라는 심정을 표현하였다.

寄升庵 其二

聞道滇南花草鮮,
輸君日日醉花前. 12)
銀河若得鵶毛渡,
幷駕仙舟聽采蓮.

『黃峨詩詞曲賞析』

---

12) 輸(수): 보고하다. 알려주다.

남편 승암에게 부치며 제2수

듣자니 운남에는 꽃과 풀이 고와서
날마다 꽃 앞에서 당신 취한다고 알려주네.
저 은하수를 만약 산까치 날개 얻어 건넌다면
신선의 배 함께 타고 「채련가」를 들을 텐데.

『황아시사곡상석』

【해설】 이 작품은 운남으로 폄적된 양신에게 보내는 편지형식의 7언 절구이다.
제1~2구는 양신이 운남에서 술과 여자에 빠져 지낸다는 말을 전해 들었음을 말
하였고, 제3~4구는 신선처럼 날아가서 만나고 싶은 심경을 표현하였다. 술과
여자에 빠져 지내는 당시의 상황에 대해 원망하고 탄식하는 대신, 황아는 신선의
허황된 이야기를 제시하는데, 이는 역으로 황아가 현실적으로는 이미 체념 상태
에 있다는 것을 의미한다.

又寄升庵

懶把音書寄日邊,
別離經歲又經年.
郎君自是無歸計,
何處靑山不杜鵑.

『黃峨詩詞曲賞析』

또 남편 승암에게 부치며

하릴없이 서신을 하늘가에 부치는데
헤어진 뒤 한 해 가고 또 한 해 간다.
당신도 절로 돌아올 계책 없으니
청산 어딘들 두견새 울지 않으랴.

『황아시사곡상석』

【해설】 이 작품은 양신에게 편지형식으로 쓴 7언 절구이다. 제1~2구는 서신을 보내도 답장은 오지 않고 무정하게 세월만 흘러감을 서술하였다. 제3~4구는 양신이 사면될 가능성이 없다는 사실을 알고 이에 한스러워 탄식하게 되는 것을 표현하였다. 자신의 심정을 피울음을 운다는 두견새의 소리로 비유하였으니 당시 황아의 심정이 얼마나 참담하였는지 알 수 있다.

사(詞)

巫山一段雲

巫女朝朝艶,
楊妃夜夜嬌.
行雲無力困纖腰.
媚眼暈紅潮.

阿母梳雲髻,13)
檀郎整翠翹.14)
起來羅襪步蘭苕.
一見又魂銷.

『明詞綜』

청 안희원(顔希源)의 『백미신영도전(百美新詠圖傳)』
무산신녀(巫山神女) 삽화

---

13) 阿母(아모): 서왕모(西王母). 중국 전설상의 여신(女神). 한(漢) 무제(武帝) 관련 전설
로 인해 사랑에 빠진 여성을 가리키기도 한다.
14) 檀郎(단랑): 반악(潘岳). 『진서(晉書)·반악전(潘岳傳)』에 의하면 반악은 잘 생겨서
그가 낙양(洛陽) 길에 나서면 부녀자들이 그를 에워싸고 수레에 과일을 던졌다고
한다. 나중에는 사랑하는 남자를 가리키게 되었다.

무산일단운

무산 신녀처럼 아침마다 곱고요
양귀비처럼 밤마다 아리땁지요.
지나는 구름 힘없이 허리 가는 미인에게 사로잡혔는데
아름다운 눈에는 홍조가 번져있지요.

서왕모처럼 구름머리 빗질하고
단랑처럼 비취깃털 정돈하지요.
일어나 비단버선으로 난초 핀 길을 걷는데
한 번 보고 또다시 넋이 나가요.

『명사종』

【해설】 이 작품은 쌍조 소령이다. 남녀의 정사(情事)를 중심으로 그 전후 상황을 노래하였다. 상편은 무산신녀와 양귀비처럼 아름다운 여인과 그녀에게 빠져드는 남성을 묘사했으며, 하편은 정사가 끝난 후의 남녀 행동을 각각 서술한 후 다시 봐도 넋이 나갈 정도로 현재 사랑에 빠져있음을 말하였다. 전편에 걸쳐 '무녀(巫女)', '양비(楊妃)', '아모(阿母)', '단랑(檀郎)' 등 신화전설이나 역사상의 인물을 제시하여 남녀의 정사(情事)를 신비하면서도 고풍스러운 분위기 속에 담아내었다. 황아와 양신의 행복했던 신혼생활을 엿볼 수 있다.

또한 이 작품은 『전명산곡』에도 수록되어 있는데, 【쌍조(雙調)·무산일단운(巫山一段雲)】남곡(南曲) 소령(小令) 1수로 기외(寄外)라는 부제가 달려있다. 하지만 상편과 하편 사이에 정사의 묘사가 생략되어 상황상의 단절이 있기는 하나 내용상으로는 여전히 상편에서 제시된 남녀의 사랑이야기이다. 이는 끊어질 듯 이어지는 사(詞)의 과편(過片) 상의 미학과 부합되는 것이다. 따라서 이 작품은 사로 보는 것이 타당하다고 하겠다.

風入松

一絲雨氣病襄王.
枕上時光.
風流自古多魔障,15)
幾時得、效對鸞鳳.16)
覓水重來崔護,17)
看花前度劉郎.18)

千嬌百媚杜韋娘.19)
惱亂柔腸.
昨宵夢裏盛恩愛,
待醒來、依舊淒涼.
歡樂百年嫌早,
憂愁一夜偏長.

『全明詞』(『女子絶妙好詞』)

---

15) 磨障(마장): 장애.
16) 鸞凰(난황): 난(鸞)새와 황(凰)새. 한 쌍의 재자가인(才子佳人)을 가리킨다.
17) 崔護(최호): 당대(唐代) 시인(詩人). 당(唐) 맹계(孟棨)의 『본사시(本事詩) · 정감(情感)』에 의하면, 최호가 청명절에 놀러나갔다 마실 물을 찾아 들렀던 마을에서 복숭아나무 아래 기대있던 여인을 만났는데 이듬해 다시 찾아갔지만 만나지 못했다고 한다.
18) 劉郎(유랑): 유신(劉晨). 남조(南朝) 송(宋) 유의경(劉義慶)의 『유명록(幽明錄)』에 의하면, 유신과 완조(阮肇)가 천태산에 약초를 캐러 들어갔다가 선녀를 만나 함께 지내고 돌아오니 이미 7대가 지나있었다고 한다.
19) 杜韋娘(두위낭): 가기(歌妓)의 이름. 여기서는 황아 자신을 가리킨다.

풍입송

한 줄기 빗 기운이 양왕을 병들게 하여
침상에서 세월 보내누나.
풍류남아 예부터 장애가 많은 법
언제나 한 쌍의 난새 봉새를 본받을 수 있을까.
마실 물 찾아 다시 온 최호와
복사꽃 보러간 예전의 유랑처럼 되겠지.

아름답기 그지없는 두위낭
애간장을 번민으로 어지럽힌다.
어젯밤 꿈속에선 사랑이 풍성했건만
깨어나면 예전처럼 처량하리라.
쾌락이야 백년도 짧다 탓하겠지만
근심은 하룻밤도 유난히 긴 것을.

『전명사』(『여자절묘호사』)

【해설】이 작품은 쌍조 소령이다. 풍류남아로 인해 근심하는 여성의 심정을 노래하였다. 상편은 여색에 빠진 남성을 무산신녀와의 사랑으로 유명한 초(楚) 양왕(襄王)에게 빗대고 있다. '병(病)'과 '장애(魔障)'는 풍류남아가 자초한 결과로서, 이에 대한 연민이나 동정은 찾아보기 힘들다. 이는 그가 다시 최호나 유랑처럼 돌아온다고 해도 자신은 그 자리에 없을 것이라는 표현에서도 확인된다.

하편은 꿈을 통해 과거의 사랑을 되짚어보지만 결국 근심 속에 세월을 보낼 수밖에 없음을 노래하였다. 상편의 원망 속에는 다시 사랑하던 시절로 돌아갔으면 하는 바람이 있지만, 이는 깨고 나면 사라지는 덧없는 꿈일 뿐이다. 꿈과 깨어남의 반복적인 경험은 다시는 그 시절로 돌아갈 수 없음을 자각하게 했을 것이다. 이러한 여인의 절망감은 하루도 길게 느껴진다는 주관적인 시간의식으로 표현된다. 전편에 걸쳐 초 양왕, 최호, 유랑, 두위낭 등 다양한 전고(典故)를 통해 여인의 절망감과 원망을 우회적으로 표현하였다.

또한 이 작품은 『전명산곡』에 【쌍조(雙調)·풍입송(風入松)】 북곡(北曲) 중두 (重頭) 2수로 수록되어 있다. 하지만 이 작품이 별도의 산곡작품이 되려면 각각의 작품이 독립적이어야 하는데, 이 두 작품은 서로 긴밀하게 연결되어 있다. 즉 두 남녀가 현재 각각 병들어 있거나 근심 속에서 살아가지만, 과거에는 한 쌍의 연인이었던 것이다. 따라서 이 작품은 과거의 연인이 헤어진 다음 현재 어떤 상황에 처하게 되었는지를 각각 노래하는 한 수의 사 작품이라고 할 수 있다.

旅思

滿庭芳

天地側身,[20]
風塵回首,
何年夢落南荒.[21]
家山千里,
烟月記微茫.
萍水蓬風無定,
相逢處、隨意徜徉.
葛藤語,
浮生半日,
且臥老僧房.

門前來往路,
歎迷踪羈旅,
混跡儒商.
看海波渺渺,
曲似迴腸.
多愁易老,
算不如、沈醉爲鄕.
旗亭下,[22]
千金斗酒,
一曲買春芳.

『蘭皐名詞選』

---

20) 側(측): 거하다. 깃들어 살다. 복(伏)의 의미이다.
21) 南荒(남황): 남쪽 변방. 여기서는 양신과 황아의 고향 사천(四川)을 가리킨다.
22) 旗亭(기정): 술집. 깃발을 걸어 술꾼들을 불렀으므로 '기정'이라 한다.

나그네 수심

만정방

천지 속에 이 몸 거하며
풍진 속으로 머리 돌리니
언제쯤 꿈이 남쪽 변방에 이르려나.
고향 천리
안개 낀 달 어렴풋하던 풍경 기억난다.
물위의 부평초와 바람결의 쑥대처럼 정처 없이
만남의 장소에서도 멋대로 방황했었지.
갈등의 말
덧없는 인생의 반나절
잠시 노스님의 방에 누웠노라.

문 앞의 오가는 길
길 헤매는 나그네 인생과
종적 묘한 유생상인의 신세를 한탄하노라.
바다 물결 아득하여
감도는 애간장처럼 굽이치는 모습 바라보는데
근심 많아 쉬이 늙으니
고향 생각에 깊이 취하느니만 못하리라.
술집 아래
천금의 술 한 말
「매춘방」 한 곡조.

『난고명사선』

【해설】 이 작품은 쌍조 소령이다. 나그네의 수심을 통해 작자자신의 수심을 대신 노래하였다. 상편은 나그네가 천지를 떠돌다가 승방(僧房)에 머물면서 고향생각을 하게 됨을 노래하였다. 천지를 떠돌다가 고향에 돌아가서 그리던 이를 만나지만 결국 갈등만 일으켰던 지난 날. 승방에 누워 생각하니 모두 다 부질없을 뿐이다. 하지만 이러한 깨달음도 잠시, 하편에서는 또다시 떠도는 자기신세를 한탄하고 여전히 고향생각에 심취하게 된다. 감정상의 이러한 미련과 집착은 해결될 방법이 없으므로 그저 술과 노래로 달랠 뿐이다.

전편은 '천지(天地)', '풍진(風塵)', '천리(千里)' 등 광활한 시공간 속에서 '기려(羈旅)'와 '유상(儒商)'으로 떠도는 나그네의 신세와 향수를 그윽하게 담아내었다. 청(淸) 이규생(李葵生)은 이 작품의 묘미가 바로 '규각(閨閣)' 같은 여성적인 정서가 없는 것이라고 하였고, 호응신(胡應宸)은 여기서 한 발 더 나아가 유생(儒生)의 궁핍하고 신산한 기색이 전혀 보이지 않는다고 평하며, 남성작가의 작품과 대등한 작품으로 인식하였다. 이 때문에 이 작품을 양신(楊愼)의 작품으로 보는 견해가 있는 것도 이상한 일은 아니다.

곡(曲)

苦雨

【商調·黃鶯兒】

積雨釀輕寒，
夜雨滴空堦，
霽雨帶殘虹，
絲雨濕流光.23)

『全明散曲』(『吳騷二集』)

---

23) 이 구는 남당(南唐) 풍연사(馮延巳)의 「남향자(南鄕子)」 사구(詞句)를 인용한 것이
다.

궂은 비

【상조 · 황앵아】

오랜 비는 봄추위 빚어내고
밤비는 빈 섬돌에 떨어지네.
그쳐가는 비는 희미한 무지개 띄우고
가랑비는 풀빛을 촉촉이 적시네.

『전명산곡』(『오소이집』)

【해설】 이 작품은 남곡 소령이다. 비오는 풍경을 객관적으로 그려냄으로써 홀로 지내는 심경을 담담하게 표현하였다. 매구마다 다른 모습의 비를 묘사하여 네 가지 다른 풍경을 그려냈는데, 작자의 문학적 감각이 돋보인다. 왕세정(王世貞)은 『예원치언(藝苑巵言)』에서 "양신이 운남에서 관직생활 할 때 부인 황아가 율시 한 수와 「황앵아」 한 수를 부쳐왔는데, 양신이 특별히 화답하여 사 두 수를 지었지만 모두 그만 못하였다(楊愼戌滇, 婦寄一律, 又「黃鶯兒」一詞, 楊別和二詞, 俱不能勝)"라고 하면서 이 작품을 높이 평가하였다.

【仙呂·皂羅袍】

爲相思瘦損卿卿,[24]
守空房細數長更.
梧桐金井葉兒零,
愁人又遇淒涼景.
錦衾獨旦,
銀燈半明.
紗窗人靜,
羅幃夢驚,
你成雙丟得咱孤另.

『全明散曲』(『楊夫人詞曲』)

---

24) 卿卿(경경): 당신을 경으로 대하다. 남편을 친근하게 부르는 호칭이다.

【선려 · 조라포】

당신 그리워 수척해진 채
빈 방 지키며 긴 시간을 일일이 세보지요.
우물가의 오동나무 이파리 떨어지며
근심하는 이는 또 다시 슬픈 가을 만났네요.
비단 이불에서 홀로 새벽 맞는데
은촛대가 반쯤 환하군요.
비단 창가에 인적 고요할 때
비단 휘장 아래서 꿈 깨는데
당신은 부부가 되고서도 저를 외로이 버려두네요.

『전명산곡』(『양부인사곡』)

【해설】 이 작품은 남곡 소령이다. 가을날 새벽 규방에서 홀로 외로이 지내는 심경을 표현하였다. "또다시 슬픈 가을 만났네요(又遇淒涼景)"라는 구절로 볼 때, 남편 양신이 운남에서 지낸 지 몇 해 지난 가을에 지어진 것으로 추정된다. '경경(卿卿)', '엽아(葉兒)', '니(你)', '찰(咱)' 등 산곡 특유의 구어적인 표현을 통해 직접 하소연하는듯한 느낌을 주었다.

【越調·寨兒令】

花寫眞,
水爲神,
月牙兒半灣眉黛顰.25)
年紀靑春,
流落紅塵,
分外可憐人.
枕頭兒邊海誓山盟,
等盤兒上暮雨朝雲.26)
步蘭苔臨海浦,
折楊柳向河津,
含雨淚濕羅巾.

『全明散曲』(『楊夫人詞曲』)

---

25) 月牙(월아): 초승달.
26) 盤兒(반아): 얼굴. 용모.

【월조 · 채아령】

꽃의 진수를 그린 듯
강의 여신이라도 된 듯
초승달처럼 반쯤 굽은 둥근 눈썹 찡그리네.
청춘의 나이로
이 세계로 흘러들었으니
정말로 가엾은 사람일세.
베개 밑에서 하늘과 산을 두고 맹세하고
임 기다려 아침 구름과 저녁 비 되었었네.
난초 핀 길을 걸어 강가 포구에 임하여
버들가지 꺾어 강나루 향한 채
빗방울 눈물 머금고 비단수건 적시네.

『전명산곡』(『양부인사곡』)

【해설】 이 작품은 북곡 소령이다. 『채필정사(彩筆情辭)』에는 「기녀에게 주다(贈妓)」라는 제목이 있다. 어린 나이에 기녀가 되어 이별의 아픔을 겪고 있는 여인을 묘사하였다. "정말로 가엾은 사람일세(分外可憐人)"라는 구절을 통해 기녀에 대한 동정과 연민을 표현하였다. 그 속에는 기녀와 마찬가지로 이별의 슬픔을 안고 사는 작자 자신에 대한 동정과 연민 또한 담겨있다. 손수건으로 눈물을 훔치며 강나루를 바라보는 여인의 모습이 한 폭의 그림처럼 선명하다.

51

【雙調·捲簾雁兒落】

難離別,
情萬千.
眠孤枕,
愁人伴.
閑庭小院深,
關河傳信遠.[27)
魚和雁天南,
看明月中腸斷.

『全明散曲』(『楊夫人詞曲』)

---

27) 관하(關河): 관산(關山)과 하천(河川). 산천을 가리킨다.

【쌍조 · 권렴안아락】

어렵게 이별하니
만감이 교차하는데,
외로운 침상에서 잠드니
근심과 사람이 짝이 되네.
한가한 마당의 작은 정원 깊숙하고
관하에서 전하는 편지 요원하건만,
물고기와 기러기는 저 남방에 있으니
밝은 달 보면서 애간장 끊어지네.

『전명산곡』(『양부인사곡』)

【해설】 이 작품은 북곡 소령이다. 남편과 떨어져 홀로 지내면서 연락조차 되지 않아 막막해진 심정을 노래하였다. 편지를 전해줄 "물고기와 기러기는 남방에 있으니(魚和雁天南)"라고 한 것을 보건대, 소식을 보냈지만 답장이 오지 않은 상황이었던 것으로 추정된다. 남편의 소식을 기다리며 하루하루 애태우며 지내는 황아의 모습이 그려진다.

【中呂・紅繡鞋】

望天台花當洞口,28)
夢陽臺人在峯頭.29)
雲天花地兩悠悠,30)
把眼前閑愁付酒.
歎別後光陰似流,
借問劉郎記否.31)

『全明散曲』(『楊夫人詞曲』)

28) 天台花(천태화): 천태산의 복사꽃. 당(唐) 유우석(劉禹錫)의 「재유현도관(再遊玄都
   觀)」시에 "백 무의 정원 안은 거의 다 이끼이고 복사꽃 앞다퉈 지자 채소꽃 피었
   네. 복숭아 심은 도사는 어디로 갔는가. 전에 왔던 유랑이 지금 또 왔건만(百畝庭
   中半是苔, 桃花爭盡菜花開. 種桃道士歸何處, 前度劉郎今又來)"이라는 구절이 있다.
29) 陽臺(양대): 양대몽(陽臺夢). 전국(戰國) 시기 송옥(宋玉)의 「신녀부(神女賦)」에 의하
   면, 초(楚) 양왕(襄王)과 무산(巫山)의 신녀가 꿈속에서 만나 정을 나누었던 장소라
   고 한다. 여기서는 황아와 양신이 서로 사랑을 나누던 곳을 가리킨다.
30) 雲天花地(운천화지): 구름 떠가는 하늘과 꽃 흩날리는 땅. '운천'은 양대를 가리키
   고 '화지'는 천태산을 가리킨다.
31) 劉郎(유랑): 유신(劉晨). 남조(南朝) 송(宋) 유의경(劉義慶)의 『유명록(幽明錄)』에 의
   하면, 유신과 완조(阮肇)가 천태산에 약초를 캐러 들어갔다가 선녀를 만나 함께 지
   내고 돌아오니 이미 7대가 지나있었다고 한다.

【중려 · 홍수혜】

동굴 입구 가린 천태산의 복사꽃 바라보고
산꼭대기에 있는 양대의 사람 꿈꾸었지요.
양대의 구름과 천태산의 꽃은 둘 다 아득한지라
눈앞의 한가한 수심을 술에다 따르지요.
이별 후의 시간이 흐르는 물 같다고 탄식하다
대신 묻노니 유랑이여 기억하시나요.

『전명산곡』(『양부인사곡』)

【해설】 이 작품은 북곡 소령이다. 유신(劉晨)과 선녀가 천태산에서 만난 것처럼,
초(楚) 양왕(襄王)과 무산(巫山) 신녀가 양대(陽臺)에서 노닐었던 것처럼, 황아도
과거에는 양신과 함께 즐거운 시간을 보냈는데, 지금은 홀로 술을 마시며 이별의
슬픔을 달래는 처지가 되었음을 노래하였다. "기억하시나요(記否)"라고 묻는 마
지막 구절에서 양신도 자신과 함께 지냈던 시간을 소중하게 간직하길 바라는
마음을 나타내었다.

【雙調·淸江引】

鍾馗臥牀扶不起,[32]
鬼病難醫治,[33]
硯瓦害相思.[34]
想必無他意,
屈原投江沉到底.

『全明散曲』(『楊夫人詞曲』)

---

32) 鍾馗(종규): 역귀(疫鬼)를 쫓는 신. 이 구절은 병을 쫓는 종규가 제 할 일을 못해서 자신의 상사병이 낫지 않는 것을 가리킨다.
33) 鬼病(귀병): 상사병. 남에게 알리기 어려운 괴이한 병.
34) 硯瓦(연와): 기와로 만든 벼루. 옛날에 궁중에서 기와를 벼루로 많이 이용했기 때문에 이렇게 칭한다. 여기에서는 문장을 가리킨다.

【쌍조 · 청강인】

종규가 병상에 누워 일어나지 못하니
상사병은 치료조차 어렵건만
문장으로 이 그리움 어이 다 표현하랴.
생각하면 분명 다른 뜻 없었으리니
강에 몸을 던져 가라앉은 굴원 같으리.

『전명산곡』(『양부인사곡』)

【해설】 이 작품은 북곡 소령이다. 『북궁사기(北宮詞紀)』에는 「그리움(思情)」이란 제목이 있고 양신의 작품으로 되어있지만 황아의 작품으로 추정된다. 황아는 병을 쫓는 역신마저 병이 들어 제 구실을 못하기에 자신의 '상사병(鬼病)'이 나을 가망성이 없다고 하였다. 마지막 구의 '굴원(屈原)'은 '대례의(大禮議)' 사건에서 자신의 주장을 굽히지 않다가 운남으로 쫓겨 간 남편을 가리키는 것으로, 남편의 상황을 이해하면서도 안타까워하는 심정이 나타나 있다.

【中呂 · 朝天令】

夜遊,
虎丘, 35)
銀燭秋光溜.
喉歌掌舞醉溫柔, 36)
風韻前年又.
月暗金波,
花明紅袖,
向離筵重勸酒.
淸謳,
散愁,
細雨黃昏後.

『全明散曲』(『楊夫人詞曲』)

강소성(江蘇省) 소주(蘇州)에 있는 호구(虎丘)

---

35) 虎丘(호구): 소주(蘇州)의 명승지.
36) 掌舞(장무): 손바닥에서 춤추다. 북방에서 유입된 춤사위로 손뼉을 치며 빠른 템포
　　로 추는 호선무(胡旋舞)이다. 조비연(趙飛燕)이 한(漢) 성제(成帝)의 손바닥 안에서
　　추었다고 한다.
　　溫柔(온유): 온유향(溫柔鄕). 미색으로 사람을 홀리는 곳. 여기서는 기녀들과 함께
　　한 연회자리를 가리킨다.

【중려·조천령】

밤에 노니는
호구
은 촛불에 가을빛이 떨어진다.
목청껏 노래하고 손위에서 춤추는 저 기녀들에게 취하니
풍류가 예전과 또 같구나.
달빛은 금빛물결에 어둑하고
꽃은 붉은 소매에 환한데
송별자리에서 거듭 술을 권한다.
맑은 노래가
수심을 흩어버리는
이슬비 내리는 황혼녘.

『전명산곡』(『양부인사곡』)

【해설】이 작품은 북곡 소령이다. 『채필정사(彩筆情辭)』에는 「미인을 데리고 밤
놀이 하다(携美夜游)」라는 제목이 있고, 양신의 작품으로 되어있다. 1524년 양신
이 운남으로 좌천되었을 때, 황아는 그와 함께 대운하를 통해 북경(北京)에서 남
경(南京)으로 내려온 다음 다시 장강을 따라 호북성(湖北省) 강릉(江陵)까지 이동
하였다. 이 작품은 도중에 소주(蘇州)를 지나면서 쓴 것으로 추정된다. 【쌍조·수
선자대과절계령(水仙子帶過折桂令)】또한 소주 고교(皐橋)에서의 이별을 배경으
로 하고 있는데, 동일한 시기에 쓰인 것으로 보인다.

【雙調·沉醉東風】

也不是石家的綠珠風韻,[37]
也不是喬家的碧玉靑春.[38]
合雙鬟夢裏來,
行萬里雲南近.
似蘇家過嶺朝雲,[39]
休索我花鈿與繡裙,
窮秀才牀頭金盡.[40]

『全明散曲』(『楊夫人詞曲』)

---

37) 綠珠(녹주): 진(晉) 석숭(石崇)이 총애하던 애첩. 『진서(晉書)·석숭전(石崇傳)』에 의하면, 당시 권세가였던 손수(孫秀)가 석숭에게 녹주를 달라고 하였으나 석숭이 들어주지 않았다. 이에 손수가 석숭을 하옥시키자 녹주가 누대 위에서 몸을 던져 자살하였다고 한다.

38) 碧玉(벽옥): 당(唐) 교지(喬知)의 첩. 요낭(窈娘)이라고도 한다. 당(唐) 장작(張鷟)의 『조야첨재(朝野僉載)』 권2에 의하면, 교지가 첩 벽옥을 총애하였는데 위왕(魏王) 무승사(武承嗣)가 벽옥을 잠시 데려가서는 돌려주지 않았다. 그러자 교지가 「녹주원(綠珠怨)」을 써서 벽옥에게 보냈고 벽옥이 그 시를 읽고 3일 동안 식음을 전폐하며 울다가 우물에 빠져 자살하였다고 한다.

39) 朝雲(조운): 송(宋) 소식(蘇軾)의 첩. 소식의 「조운묘지명(朝雲墓志銘)」에 의하면, 소식이 혜주(惠州)로 폄적되어갈 때 여러 첩들은 다 뿔뿔이 흩어졌으나 조운만이 남아서 그를 따랐다고 한다.

40) 牀頭金盡(상두금진): 침상 맡의 돈이 다하다. 당(唐) 장적(張籍)의 「행로난(行路難)」 시에 "그대보지 못했는가, 침상 맡의 돈이 다하면 장한 선비도 무색해지는 것을(君不見床頭黃金盡, 壯士無顏色)"이라는 구절이 있다.

【쌍조 · 침취동풍】

석숭의 녹주 같은 자태도 아니고
교지의 벽옥 같은 청춘도 아니로다.
두 쪽머리 한데 묶고 꿈결에 오는데
만 리를 걷다보니 운남이 가깝구나.
소식 따라 고개 넘은 조운 같지만
"저의 꽃 비녀와 수놓은 치마는 달라하지 마세요,
가난한 수재가 침대 맡의 돈이 떨어진대도."라 하네.

『전명산곡』(『양부인사곡』)

【해설】 이 작품은 북곡 소령이다. 『채필정사(彩筆情辭)』에는 「기녀에게 장난삼아
답하다(戲答妓)」라는 제목이 있고 양신의 작품으로 되어있는데, 내용을 보건대
양신의 작품으로 추정된다. 양신은 운남으로 폄적 갈 때 함께 따라온 기녀에게
녹주처럼 예쁘지도 않고 벽옥처럼 젊지도 않다고 놀리고 있다. 그러면서도 더
이상 양신에게 헌신하지 않겠다고 선언한 기녀의 말을 직접화법으로 인용하여
더욱 짓궂게 표현하였다. 하지만 조운(朝雲)이 황주(黃州)로 유배 가는 소식(蘇軾)
을 따라 간 것처럼, 자신을 따라 먼 운남까지 따라온 데 대한 고마움이 장난기
어린 구절 속에 잘 표현되어 있다.

【雙調・折桂令】其一

爲風流勾引春情,
你做紅娘,⁴¹⁾
誰做鶯鶯.⁴²⁾
鬢亂釵橫,
眼重眉褪,
膽顫心驚.
粉香處弱態伶仃,⁴³⁾
煙火寨卽世魔精.⁴⁴⁾
悄悄冥冥,
款款輕輕.⁴⁵⁾
偏手妹妹先嘗,⁴⁶⁾
急喉姐姐休聽.

『全明散曲』(『楊夫人詞曲』)

---

41) 紅娘(홍낭): 원(元) 왕실보(王實甫)의 『서상기(西廂記)』에 나오는 하녀 이름. 장생(張
   生)의 편지를 앵앵(鶯鶯)에게 전해주기 때문에 후대에 남녀의 사이를 이어주는 매
   개자를 가리키게 되었다.
42) 鶯鶯(앵앵): 『서상기』의 여주인공 최앵앵(崔鶯鶯).
43) 伶仃(영정): 야리야리한 모양. 흔들리는 모양.
44) 煙火寨(연화채): 기방. 여기서는 희곡을 연기하는 기녀들의 거처를 가리킨다.
45) 款款(관관): 즐거운 모양. 화락(和樂)의 뜻이다.
46) 偏手(편수): 정당한 수입 이외의 수입.

【쌍조 · 절계령】 제1수

풍류를 즐기려고 춘정을 끌어내나니
네가 홍랑을 하면
누가 앵앵을 하나.
머리 헝클어지면서 비녀 내려가고
눈도 무겁고 눈썹먹도 지워졌지만
간담은 떨리고 심장은 놀란다.
분내 나는 곳에서 연약한 자태로 한들거리니
연화채 기루야말로 바로 혼을 빼는 곳이로다.
근심하며 침울하다
즐겁게 사뿐사뿐.
동생 기녀야 먼저 던져주는 돈 챙기지만
언니 기녀는 다급한 소리를 듣지 못한다.

『전명산곡』(『양부인사곡』)

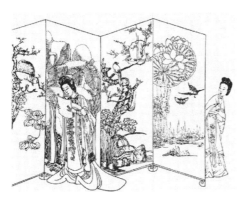

명 진홍수(陳洪綬)의 『서상기(西廂記)』 삽화

【雙調·折桂令】其二

好花枝國色天香,[47]
你做鶯鶯,
誰做紅娘.
賽越西施,[48]
遊吳南浦,[49]
窺宋東牆.[50]
有千般流業樣,
愛尋常雅淡梳粧.
鳳也求凰,
鴛也思鴦.
有分成雙,
願早成雙.

『全明散曲』(『楊夫人詞曲』)

---

47) 國色天香(국색천향): 향과 색이 일반 꽃과는 다른 모란. 아름다운 여인을 비유한다.
48) 賽(새): ~보다 낫다. 승과(勝過)의 뜻이다.
    越西施(월서시): 월(越)의 미인 서시.
49) 吳南浦(오남포): 오(吳)지방의 남포(南浦). 이별 장소의 대명사. 『초사(楚辭)·하백(河伯)』에 "남포에서 미인을 떠나보내네(送美人兮南浦)"라는 구절이 있다.
50) 宋東牆(송동장): 송옥(宋玉). 문장력이 뛰어난 자신을 가리킨다. 「등도자호색부(登徒子好色賦)」에 의하면, 등도자가 초나라 왕에게 송옥이 호색가라고 험담하자 송옥은 동쪽 이웃의 천하제일의 미인이 자신을 3년 동안 훔쳐보아도 자신은 마음이 움직이지 않았다고 한다.

【쌍조·절계령】 제2수

천하일색의 예쁜 모란꽃

네가 앵앵을 하면

누가 홍랑을 하나.

월땅 서시보다 나은 미인

오땅 남포를 노닐고서

송옥의 동쪽 담장 엿보누나.

수천 가지 풍류취향 있다지만

평범한 듯 우아하고 담박한 단장여인 좋아한다.

봉새도 황새를 구하고

원새도 앙새를 그리워하는 법.

연분이 있으면 짝을 이루리니

빨리 짝을 이루길 바라노라.

『전명산곡』(『양부인사곡』)

【해설】 이 작품은 북곡 중두 2수이다. 『채필정사(彩筆情辭)』에는 「풍정(風情)」이라는 제목이 있고, 양신의 작품으로 되어있다. 제1수는 장생(張生)과 앵앵(鶯鶯)의 사랑이야기인 『서상기(西廂記)』를 공연하는 내용을 묘사하였다. 공연 준비하느라 분주한 모습, 공연을 앞두고 떨리는 심정, 공연 중에 일어나는 많은 감정의 변화, 공연을 마쳤을 때의 장면 등을 순차적으로 표현하였다. 마지막 구는 전두(纏頭)를 던지며 열렬히 환호하는 관객, 공연의 흥분이 가라앉지 않은 기녀의 모습이 무대 위의 현장감을 생생하게 보여준다. 제2수는 자신의 천생연분이 고상한 품위를 지니고 수수한 차림새를 한 여인이었으면 하는 바람을 표현하였다.

【中呂·紅繡鞋】 其一

實指望花甜蜜就,51)
誰承望雨散雲收,52)
因他俊俏我風流.
鼻凹兒裏砂糖水,53)
心窩兒裏酥合油,54)
餂不著空把人迤逗.

『全明散曲』(『楊夫人詞曲』)

---

51) 花甜蜜就(화첨밀취): 꽃처럼 달콤하고 꿀처럼 달다. 달콤한 말을 하는 것을 가리킨다.
52) 雨散雲收(우산운수): 비가 그치고 구름이 걷히다. 남녀의 정이 다한 것을 가리킨다. 承望(승망): 짐작하다. 헤아리다.
53) 鼻凹兒(비요아): 콧방울 옆의 움푹 파인 곳.
54) 酥合油(수합유): 수유(酥油). 우유를 제련하여 나오는 지방성분. 현재의 치즈와 비슷하다.

【중려·홍수혜】 제1수

꽃과 꿀처럼 달콤하길 실로 바랐지만
운우지정 흩어질 줄 그 누가 짐작했으랴
그이도 멋지고 나도 풍류가 있어서이지.
콧방울 옆 설탕물과
가슴속의 유지방같이
핥아지진 않고 공연히 사람만 애태우네.

『전명산곡』(『양부인사곡』)

【中呂·紅繡鞋】其二

你不慣誰曾慣,
人可瞞天可瞞,55)
夢見槐花要綠襖兒穿.56)
嘴孤都看一看,57)
滑郎溜難上難,58)
你無緣休把人來怨.

『全明散曲』(『楊夫人詞曲』)

---

55) 天可瞞(천가만): 하늘도 속일 수 있다. 『채필정사(彩筆情辭)』에는 '천즘만(天怎瞞)'
   으로 되어있고 '하늘이 어찌 속이랴'로 풀이된다.
56) 槐花(괴화): 홰나무 꽃. 과거응시생이 시험 보는 일을 가리킨다. 홰나무 꽃이 필 시
   기에 과거시험을 보았던 것에서 유래한다.
57) 孤都(고도): 화가 났거나 근심스러워 입술을 삐죽거리는 모양.
58) 難上難(난상난): 엎친 데 덮친 격. 설상가상.

【중려 · 홍수혜】 제2수

그대가 익숙하지 않으면 그 누가 익숙하랴
사람을 속이듯이 저 하늘도 속일 수 있나니
꿈에서 홰나무 꽃을 보고 푸른 관복 입으려했다.
입을 삐죽대며 보고 또 보아도
미끄러져 바로 떨어진 꼴 엎친 데 덮친 격
그대는 까닭 없이 남을 원망하지 말라.

『전명산곡』(『양부인사곡』)

【해설】 이 작품은 북곡 중두 2수이다. 『북궁사기(北宮詞紀)』에는 「그리움(思情)」,
『채필정사(彩筆情辭)』에는 「짧은 순간을 탄식하다(歎閃)」라는 제목이 있고, 모두
양신의 작품으로 되어있다. 하지만 제1수에서 "그이도 멋지고(他俊俏)"라고 한
것을 보건대, 이 작품의 작자는 황아로 추정된다. 운우지정이 다하고, 눈에 보이
면서도 손에 잡히지 않는 안타까운 심정을 표현하였다. 제2수에서는 "미끄러져
바로 떨어진 꼴 엎친 데 덮친 격(滑郎溜難上難)"이라고 하며 양신의 일이 잘 풀리
지 않음을 묘사하였다.

【雙調·淸江引】其一

容易來時容易捨,
寂寞千金夜.
花好防花殘,
月圓愁月缺,
怕離別如今眞箇也.

『全明散曲』(『楊夫人詞曲』)

【쌍조 · 청강인】 제1수

쉽게 오면 쉽게 버린다더니
천금 같은 이 밤도 적막하구나.
꽃 좋은 시절에 꽃 질 때를 대비하고
달 둥글 때 달 지는 것을 근심하니
이별이 이제 진짜일까 봐 두렵다.

『전명산곡』(『양부인사곡』)

【雙調·淸江引】 其二

離恨天敎人盼望苦,59)
又趲上鎖魂路.
身居寂寞州,
情遍相思鋪,
斷腸時幾點臨明露.

『全明散曲』(『楊夫人詞曲』)

---

59) 離恨天(이한천): 불교 용어. 이별의 한이 가득한 세상. 수미산(須彌山)에 있는 서른
세 개의 세상 가운데 가장 높은 곳이라고 한다. 남녀가 생이별을 하여 가슴에 한
을 품고 평생 살아가는 것을 비유한다.

【쌍조 · 청강인】 제2수

이 세상은 사람을 몹시 기대하게 하면서도
또 넋이 나가는 저 길로 내모는구나.
이 몸은 적막한 곳에 거하지만
정도 그리움도 두루 펼쳐지니
애끊길 때 새벽의 이슬눈물 얼마일런가.

『전명산곡』(『양부인사곡』)

【해설】 이 작품은 북곡 중두 2수이다. 운남에 있는 남편과 떨어진 채 홀로 지내는 외로운 심정을 노래하였다. 제1수는 남편과 떨어져 지내면서 정신적으로도 멀어질 것을 예감하고, 이에 대한 불안한 심정을 노래하였다. 제2수는 홀로 지내면서 남편에 대한 그리움으로 새벽까지 울면서 잠 못 이루는 상황을 묘사하였다. 황아가 3년 동안의 운남 생활을 마치고, 혼자 고향 사천으로 돌아온 지 얼마 되지 않은 때에 지어진 것으로 추정된다.

【越調·天淨沙】其一

哥哥大大娟娟,⁶⁰⁾
風風韻韻般般,
刻刻時時盼盼.
心心願願,
雙雙對對鶼鶼.⁶¹⁾

『全明散曲』(『楊夫人詞曲』)

<hr>

60) 哥哥(가가): 사랑하는 그대. 주로 애인이나 남편을 부르던 호칭.
　　大大(대대): 대대법법(大大法法). 키가 크고 우람한 사람을 일컫는 방언.
　　娟娟(연연): 자태가 부드럽고 아름답다.
61) 鶼鶼(겸겸): 비익조(比翼鳥). 암컷과 수컷의 눈과 날개가 각각 하나씩이라서 짝을
　　짓지 않으면 날지 못한다는 전설상의 새.

【월조 · 천정사】 제1수

신부의 훤칠한 신랑
풍류 있고 운치 있길
시시각각 바라노라.
마음으로 바라는 건
한 쌍의 비익조.

『전명산곡』(『양부인사곡』)

『산해경(山海經)』 속 비익조(比翼鳥)

【越調·天淨沙】 其二

娟娟大大哥哥,
婷婷嫋嫋多多,
件件堪堪可可.[62]
藏藏躲躲,
嘈嘈世世婆婆.[63]

『全明散曲』(『楊夫人詞曲』)

---

62) 堪堪(감감): 점점.
　　可可(가가): 딱 좋다. 그러하다.
63) 嘈嘈(제제): 소리가 많은 것을 형용한다. 중성(衆聲)의 뜻이다.
　　婆婆(파파): 부인.

【월조 · 천정사】 제2수

훤칠한 신랑의 신부
아름답고 부드러움 많아서
하는 일마다 점점 좋을시고.
감추고 숨기며 나서지 않으니
다들 말하길 대대로의 부인감.

『전명산곡』(『양부인사곡』)

【해설】이 작품은 북곡 중두 2수이다. 신랑과 신부를 찬사한 곡으로 제1수는
신랑에 대한 신부의 기대감을 표현하였는데, 신혼시절 멋있게만 보이는 신랑의
모습을 묘사하였다. 제2수는 갓 결혼한 신부의 참한 모습을 노래한 것으로 아름
다운 맵시와 부드러운 마음씨 덕분에 시댁에서 큰 소리 나지 않게 일을 잘 처리
함을 묘사하였다. 작품 전체에 속어와 첩어(疊語)를 운용하여 리듬감이 뛰어나
고, 민가적인 색채가 농후하여 산곡의 본색을 잘 보여주고 있다.

【雙調·折桂令】其一

寄與他三負心那箇喬人,⁽⁶⁴⁾

不念我病榻連宵,

不念我瘴海愁春.⁽⁶⁵⁾

不念我剩枕閑衾,

不念我亂山空館,

不念我寡宿孤辰.

茶不茶飯不飯全無風韻,

死不死活不活有甚精神.

阻隔音塵,

那箇緣因.

好事多磨,⁽⁶⁶⁾

天也生嗔.

『全明散曲』(『楊夫人詞曲』)

---

64) 喬人(교인): 무뢰배. 나쁜 놈. 여기서는 양신을 가리킨다.
65) 瘴海(장해): 장기(瘴氣)나 장독(瘴毒)이 있는 남방. 여기서는 운남을 가리킨다.
66) 好事多磨(호사다마): 호사다마(好事多魔). 좋은 일에는 방해되는 일이 많다.

【쌍조 · 절계령】 제1수

세 번이나 내 마음 저버린 저 나쁜 이에게 부치노라
병상에서 밤새우던 나를 걱정해주지도 않았고
장기어린 운남에서 봄에 근심하는 나를 걱정해주지도 않았네.
남겨진 베개와 쓸쓸한 이불 속의 나를 걱정해주지도 않았고
산세 험한 빈 관사에 있는 나를 걱정해주지도 않았고
홀로 외로운 별자리 같은 나를 걱정해주지도 않았네.
차를 마시든 말든 밥을 먹든 말든 전혀 흥미도 없고
죽든 말든 살든 말든 무슨 관심이 있겠는가.
소식마저 끊어지니
이 무슨 까닭인가.
호사다마라더니
저 하늘도 화를 내리라.

『전명산곡』(『양부인사곡』)

【雙調·折桂令】其二

天生你端要磨咱,67)
好朵仙花,
落在誰家.68)
被兒裏風流,
懷兒裏恩愛,
做了口兒裏嗟呀.
飛飛賊終遭白馬,69)
嫩鳳雛怎配烏鴉.
海角天涯,
水渺雲賒.
到頭來山也相逢,
急時間心癢難撾.70)

『全明散曲』(『楊夫人詞曲』)

---

67) 端要(단요): 중요한. 관건이 되는.
 磨咱(마찰): 마(磨)와 찰(咱) 모두 어조사이다.
68) 誰家(수가): 누군가. 여기서는 양신을 가리킨다.
69) 白馬(백마): 흰말. 말은 여성의 음기(陰氣)를 상징하므로 여기서는 황아를 가리킨다.
70) 心癢難撾(심양난과): 마음이 간지러워도 긁기 어렵다. 마음속에서 생각이나 감정이
 사그라지지 않아 다스릴 수 없다. '과(撾)'는 옛날에는 '조(抓)'와 같은 음으로 손톱
 으로 긁는다는 뜻이다.

【쌍조·절계령】 제2수

하늘이 당신을 중시했는지
한 송이 어여쁜 신선 꽃을
누군가에게 낙점했는데.
이불 속의 풍류와
가슴 속의 은애가
입 속의 탄식이 되고 말았네.
비적 같은 이가 아무리 백마 여인을 만난들
어린 봉황새가 어찌 까마귀와 짝하겠는가.
바다 끝과 하늘가
물도 아득하고 구름도 멀다네.
마지막으로 산에 와서 만난다 한들
시간에 급급해서 마음 가려운 데를 긁기 어렵겠네.

『전명산곡』(『양부인사곡』)

【해설】 이 작품은 북곡 중두 2수이다. 『채필정사(彩筆情辭)』에는 「이별의 한(離恨)」이라는 제목이 있고 양신의 작품으로 되어 있다. 하지만 작품의 내용으로 보건데, 남편에 대한 원망을 직설적으로 드러내고 있어 황아의 작품으로 추정된다. 제1수에서는 "걱정해주지도 않는다(不念)"을 나열하며 자신이 과거 운남에서 생활할 당시 병이 날 정도로 힘들었지만 전혀 보살펴주지 않았음을 토로하였다. 제2수에서는 황아 자신을 어린 봉황새로, 양신을 까마귀로 비유하면서 남편에 대한 원망을 직접적으로 표출하였다. 이로 보건데, 이 작품은 양신이 주씨(周氏), 조씨(曹氏) 등의 첩을 들인 다음에 쓰인 것으로 추정된다.

【商調·黃鶯兒】 其一

翠被峭寒生,
訴離情天未明,
淚花落枕紅綿冷.
鄰鷄一聲,
譙樓五更,
紗窗殘月愁分影.
謾留情,
佳人薄命,
飛絮逐浮萍.

『全明散曲』(『楊夫人詞曲』)

【상조·황앵아】 제1수

한기 도는 비취이불에서
이별의 정 하소연해도 날은 아직 밝지 않았는데
눈물 꽃이 베개에 떨어져서 붉은 비단 싸늘하다.
이웃집 닭 울음소리와
초루의 오경 알리는 소리
비단 창가의 지는 달빛에 근심하는 사람 그림자진다.
멋대로 정을 주었건만
미인은 박복한지
흩날리는 버들 솜처럼 부평초 같은 이를 따랐구나.

『전명산곡』(『양부인사곡』)

【商調·黃鶯兒】其二

絃管動離聲,
是旁人也動情,
東橋煙柳和愁暝.
搖裝且停,71)
行杯且傾,
樽前重唱西河令.72)
淚偸零,
銀瓶墜井,73)
腸斷短長亭.74)

『全明散曲』(『楊夫人詞曲』)

---

71) 搖裝(요장): 행장을 꾸려 떠나다. 옛날 멀리 떠나는 사람을 배웅할 때 친한 벗들이 전송해주면서 배를 타고 잠시 떠났다가 돌아와서는 다음 날 다시 떠났는데 이를 요장(搖裝) 혹은 요장(遙裝)이라 하였다.
72) 西河令(서하령): 사패 이름. 남송(南宋) 『벽계만지(碧鷄慢志)』에 의하면, 「서하박명녀(西河薄命女)」를 다듬어 새 악곡으로 만들었다고 한다. 주방언(周邦彥)의 「대석조(大石調)·서하만(西河慢)」이 바로 이 노래이다.
73) 銀瓶墜井(은병추정): 은병(銀瓶)이 우물에 떨어지다. 은병은 남녀 간의 애정을 비유한 말로 당(唐) 백거이(白居易)의 시 「정저인은병(井底引銀瓶)」에 "은병 떨어지고 비녀 부러졌으니 어찌 해야 하나? 오늘 아침 제가 그대와 이별한 것과 같네(瓶沉簪折知奈何? 似妾今朝與君別)"라는 구절이 있다.
74) 短長亭(단장정): 단정(短亭)과 장정(長亭). 옛날 성곽 밖으로 큰 길가에 5리마다 단정, 10리마다 장정을 두었는데 손님을 배웅할 때 여기까지 따라와서 이별하였다.

【상조 · 황앵아】 제2수

관현악기로 이별가락 울려대니
옆 사람도 마음 울컥하고
동쪽 다리의 버드나무도 근심으로 어둑하다.
행장 꾸려 떠나려다 잠시 멈추고
술잔 돌리다가 다시 기울이며
술잔 앞에서 거듭 「서하령」을 부른다.
눈물이 남몰래 떨어지는데
은병이 우물에 떨어졌으니
단정과 장정마다 애간장 끊어지리라.

『전명산곡』(『양부인사곡』)

【해설】 이 작품은 남곡 중두 2수이다. 『남궁사기(南宮詞紀)』에는 「이별을 아쉬워
하다(惜別)」라는 제목이 있고, 양신의 작품으로 되어있다. 하지만 제1수의 "미인
은 박복한지 흩날리는 버들 솜처럼 부평초 같은 이를 따랐구나(佳人薄命, 飛絮逐
浮萍)"로 보건데, 황아의 작품으로 추정된다. 제1수는 이별하는 날 새벽, 헤어져
야하는 아쉬움을 섬세하게 표현하였고, 제2수는 송별연에서 선뜻 떠나지 못하는
아쉬움을 노래하였다. 장정(長亭)과 단정(短亭)마다 애간장이 끊어질 것이라고 하
면서 떠나는 이의 마음 속 슬픔을 진하게 묘사하였다.

【中呂 · 駐雲飛】 其一

疊雪香羅,75)
窄窄弓弓玉一窩.
鳳嘴穿花破,
龍腦濃熏過.76)
嗏,
洛浦去凌波.77)
笑殺齊奴,78)
枉把香塵涴,
掌上擎來暖氣呵.

『全明散曲』(『楊夫人詞曲』)

75) 疊雪香羅(첩설향라): 쌓인 눈 같은 비단. 여기에서는 비단 신발을 가리킨다.
76) 龍腦(용뇌): 용뇌수(龍腦樹)로 만든 향. 용노(龍璃)라고도 한다.
77) 洛浦(낙포): 낙수(洛水)의 여신 복비(宓妃).
78) 齊奴(제노): 진(晉) 석숭(石崇)의 어렸을 적 이름이다. 『진서(晉書) · 석숭전(石崇傳)』에 의하면 석숭의 자는 계륜(季倫)으로 청주(靑州)에서 태어났기 때문에 이름을 제노(齊奴)라고 하였다고 한다.

【중려 · 주운비】 제1수

눈처럼 가벼운 비단 신 속에
가늘고 둥근 흰 발 하나.
봉새 부리로 꽃을 쪼아대니
용뇌의 짙은 향기가 스치네.
오호라!
낙수의 여신이 물결 밟듯이 사뿐거리네.
저 석숭을 비웃으며
부질없이 향기로운 먼지로 더럽히지만
손 위로 따뜻한 발을 움켜쥐네.

『전명산곡』(『양부인사곡』)

【中呂·駐雲飛】其二

戲蕊含蓮,
一點靈犀夜不眠.[79]
鷄吐花冠豔,[80]
蜂抱花鬚顫.
嗏,
玉軟又香甜.
神水華池,[81]
只許神仙占,
夜夜栽培火裏蓮.[82]

『全明散曲』(『楊夫人詞曲』)

---

79) 靈犀(영서): 뿔 하나 달린 신령스러운 동물. 여기서는 전족한 발을 비유한다.
80) 花冠(화관): 여기서는 닭의 벼슬을 가리킨다.
81) 華池(화지): 곤륜산(崑崙山)에 있다고 전해지는 전설상의 연못.
82) 火裏蓮(화리련): 불 속에서 자라는 연꽃. 『유마힐경(維摩詰經)·불도품(佛道品)』에 "불 속에서 자라는 연꽃은 얻기 힘든 것이라 할 수 있다. 욕망 속에서 선(禪)을 행하기가 어려운 것 또한 이와 같다(火中生蓮花, 是可謂希有, 在欲而行禪, 希有亦如是)"라는 문장이 있다.

【중려·주운비】 제2수

꽃술을 희롱하고 연꽃을 품어보며
신령한 코뿔소 같은 발에 잠 못 이루네.
닭이 피워낸 붉은 벼슬처럼 아름답고
벌이 안고 있는 꽃술처럼 떨리네.
오호라!
옥빛처럼 부드럽고 그 향도 달콤하네.
신선의 물 가득한 화지를
오직 신선에게만 가지도록 허락하여
밤마다 불꽃 속의 연꽃을 키워내네.

『전명산곡』(『양부인사곡』)

【해설】 이 작품은 남곡 중두 2수이다. 『채필정사(彩筆情辭)』에는 「전족한 기녀에게 주다(贈纏足妓)」라는 제목이 있다. 전족을 한 작은 발을 묘사의 대상으로 삼았다는 점에서 양신의 작품으로 추정된다. 제1수에서는 봉새 부리, 용뇌의 향기, 여신의 걸음걸이 등 다양한 시각과 후각의 이미지를 통해 전족을 묘사하였고, 그 발을 희롱하며 소유하고 싶은 욕망을 드러내었다. 제2수에서는 전족을 신선 세계의 연꽃에 비유하며 그 아름다움을 극찬하였다. 전족에 대한 관음증적 욕망과 시선이 작품 전체에 드러나면서 화려하고 농염한 느낌을 자아낸다.

足古詩 4首

【中呂 · 駐雲飛】其一

暗想嬌容,
疑是瑤臺月下逢.[83]
鳳枕鸞衾共,
蝶粉蜂黃重.[84]
儂,[85]
何處最情鍾,
分散西東.
會小離多,
天也將人弄,
水遠山長處處同.

『全明散曲』(『楊夫人詞曲』)

83) 이 구는 아름다웠던 자신의 모습을 양귀비에게 빗댄 것이다. 당(唐) 이백(李白)의 「
청평조(淸平調) · 기일(其一)」에 "만약 군옥산 꼭대기가 아니라면 요대 달빛 아래서
만나리라(若非群玉山頭見, 會向瑤臺月下逢)"라는 구절을 운용하였다.
84) 蝶粉蜂黃(접분봉황): 당(唐) 궁녀(宮女)들의 화장법. 하얗게 분칠 한 다음 이마에 액
황(額黃, 노란 점)을 찍는 화장법이다.
85) 儂(농): 너. 여기서는 황아의 남편 양신을 가리킨다. 『군음류선(群音類選)』에는 '농
(濃)'으로 되어있는데 '진하게'로 풀이된다.

족고시 4수

【중려 · 주운비】 제1수

고운 모습 남몰래 생각해보면
달빛 아래 요대에서 만났었다.
봉황 베개와 난새 이불 함께 한 후
분과 액황을 다시 발랐었지.
당신이랑
어디선가 정말로 사랑했건만
동서로 흩어졌구나.
만남은 적고 이별은 많은 법
하늘이 사람을 놀리는지
머나먼 강물과 긴 산맥 그 어디나 똑같구나.

『전명산곡』(『양부인사곡』)

【中呂·駐雲飛】其二

暗想嬌情,
一笑回頭百媚生.[86]
兩點秋波淨,
八字春山映.
卿,
別後冷清清,
獨守長更.
夜雨難晴,
一枕和愁聽,
隔箇窗兒滴到明.

『全明散曲』(『楊夫人詞曲』)

---

86) 이 구는 당(唐) 백거이(白居易) 「장한가(長恨歌)」의 "돌아보며 한번 웃으면 온갖 아름다움 생겨나네(回眸一笑百媚生)"라는 구절을 운용하였다.

【중려·주운비】 제2수

고운 감정 남몰래 생각해보면
돌아보며 한 번 웃음에 온갖 아름다움 생겨났었다.
두 눈동자는 가을 물처럼 맑았고
팔자 눈썹은 봄 산처럼 비치었지.
당신이 떠나신 후 적막하게
긴 밤 내내 독수공방하노라.
밤비는 개기 어렵나니
침상에서 수심 속에 들노라
창 너머 날 밝도록 떨어지는 빗소리를.

『전명산곡』(『양부인사곡』)

【中呂 · 駐雲飛】 其三

暗想嬌羞,
往事牽情不自由.
帳薄燈光透,
寒峭花枝瘦.
休,
一日比三秋,
人在心頭.
兩字相思,
鎖定雙眉皺,
殘夢關心懶下樓.

『全明散曲』(『楊夫人詞曲』)

【중려·주운비】 제3수

수줍던 고운 모습 남몰래 생각해보면
지난 일에 마음 끌려 자유롭지 못했었다.
등불 비치는 얇은 휘장 속에서
추위 속의 꽃가지처럼 수척하였지.
그만 두자
하루가 삼 년 같지만
그이는 마음속에 있구나.
'상사' 두 글자를
찌푸린 양미간에 올려두고
못다 이룬 꿈에 맘이 쓰여 마지못해 누대를 내려온다.

『전명산곡』(『양부인사곡』)

【中呂・駐雲飛】其四

暗想嬌嬈,
家住成都萬里橋.[87]
啼鳳求凰調,[88]
比玉如花貌.
妖,
無福也難消,
淚染紅桃.[89]
欲寄多情,[90]
魚雁何時到,
若比銀河路更遙.

『全明散曲』(『楊夫人詞曲』)

사천성(四川省) 성도(成都)의 만리교(萬里橋)

87) 萬里橋(만리교): 사천성(四川省) 성도(成都) 남쪽에 있는 다리.
88) 鳳求凰(봉구황): 악부(樂府) 금곡(琴曲)으로 구애(求愛)의 노래이다. 한(漢) 사마상여
(司馬相如)가 탁문군(卓文君)에게 "봉새가 봉새가 고향으로 돌아온 것은 사해를 노
닐면서 황새 짝을 구해서라(鳳兮鳳兮歸故鄉, 遨游四海求其凰)"라고 한 데서 유래하
였다.
89) 紅桃(홍도): 도홍색(桃紅色). 옅은 붉은색.
90) 多情(다정): 다정한 이. 남편 양신을 가리킨다.

【중려 · 주운비】 제4수

고운 그 모습 남몰래 생각해보면
성도의 만리교에 살았었다.
「봉구황」 노래할 때
옥 같고 꽃 같은 미모였지.
미인은
복 없는 운명 없애기 어려워서
눈물에 붉은색이 번진다.
다정한 그이에게 부치려고 하지만
물고기와 기러기가 언제 도착하나
은하수보다 길이 훨씬 먼 것 같구나.

『전명산곡』(『양부인사곡』)

【해설】 이 작품은 남곡 중두 4수이다. 『군음류선(群音類選)』에는 「그리움(相思)」,
『남궁사기(南宮詞紀)』에는 「이별을 원망하다(怨別)」라는 제목이 있고, 양신의 작
품으로 되어있다. 하지만 매 수의 뒷부분에서 옛 사랑에 대한 추억, 이별의 슬픔,
독수공방의 외로움, 멀리 떠난 남편에 대한 그리움, 자기 신세에 대한 한탄 등
여인의 외로운 심경을 고백조로 말하고 있는 점을 고려하면, 이 작품의 작자를
황아로 보는 편이 타당하다.

足古 4首

【中呂·憑闌人】其一

休敎宮髻學蠻粧,[91]
原是巫山窈窕娘.[92]
行雲夢高唐,[93]
隨郞還故鄕.

『全明散曲』(『楊夫人詞曲』)

---

91) 宮髻(궁계): 여인들의 머리 위에 올렸던 상투. 여인들이 대부분 궁궐 여인들의 머리 모양을 본떴기에 붙여진 명칭이다.
   蠻粧(만장): 남방 여인들의 복장과 화장법. 여기서는 운남의 화장법을 가리킨다.
92) 巫山(무산): 무산(巫山) 신녀(神女).
93) 高唐(고당): 남녀의 밀회 장소. 여기서는 부부가 만나서 사랑을 나누었던 고향 사천을 가리킨다.

족고 4수

【중려 · 빙란인】 제1수

궁궐 식 머리모양에 운남 방식을 배우지 말아야지
원래 무산의 요조숙녀였는데.
떠가는 구름 되어 고당을 꿈꾸면서
남편 따라 고향으로 돌아가리라.

『전명산곡』(『양부인사곡』)

운남 태족(傣族)의 여인들

【中呂 · 憑闌人】 其二

休敎語學蠻聲,[94]
萬里長途辛苦行.
迢迢遠別情,
盈盈太瘦生.[95]

『全明散曲』(『楊夫人詞曲』)

---

94) 蠻聲(만성): 소수 민족 지역의 소리. 여기서는 운남의 말씨를 가리킨다.
95) 盈盈(영영): 아름다운 모습.

【중려·빙란인】 제2수

말씨에 남방 사투리 배우지 말아야지
만 리 먼 길에서 힘들게 고생하네.
멀리 떠나온 슬픔 때문에
어여쁜 모습 너무도 말랐네.

『전명산곡』(『양부인사곡』)

【中呂·憑闌人】 其三

休教眉黛掃蠻烟,[96]
同上高樓望遠天.
天涯新月懸,
故鄉何處邊.

『全明散曲』(『楊夫人詞曲』)

---

96) 蠻烟(만연): 남방 지역의 장기(瘴氣).

【중려 · 빙란인】 제3수

눈썹먹으로 운남의 안개 빛을 그려내지 말아야지
높은 누대 함께 올라 먼 하늘 바라본다.
초승달 걸린 하늘가에
내 고향은 어디일까.

『전명산곡』(『양부인사곡』)

【中呂 · 憑闌人】 其四

休教楊柳學蠻腰,
魂斷關山骨也鎖.
何時步蘭苔,
折花戲紅橋.

『全明散曲』(『楊夫人詞曲』)

【중려 · 빙란인】 제4수

버들 허리에 운남 여인의 허리 배우진 말아야지
혼도 못 넘는 관산에서 이 몸은 갇혀있다.
언제나 난초 핀 길 거닐면서
꽃을 꺾어 붉은 다리에서 놀아볼까.

『전명산곡』(『양부인사곡』)

【해설】 이 작품은 남곡 중두 4수이다. 황아는 가정(嘉靖) 5년(1526) 양신이 아버지의 병문안 차 고향으로 돌아왔을 때, 남편을 따라 운남으로 가서 3년 정도 함께 생활하였다. 이 작품을 보면, 황아는 운남 생활에 적응하지 못하고 상당히 힘들어했던 것으로 보인다. 운남의 머리단장, 사투리, 눈썹화장, 허리자태 등을 배우지 말아야 한다는 부정명령조의 구절을 반복적으로 사용하여 고향 사천으로 돌아가고 싶은 심정을 강하게 표현하였다.

【仙呂·一半兒】 其一

小紅樓上月兒斜,
嫩綠叢中花影遮,
一刻千金斷不賒.⁹⁷⁾
背燈些,
一半兒明來一半兒滅.

『全明散曲』(『楊夫人詞曲』)

---

97) 一刻千金(일각천금): 짧은 시간은 천금만큼 귀중하다. 송(宋) 소식(蘇軾)의 「춘야(春
夜)」에 "봄날 밤은 짧은 시간도 천금과 같으니 꽃은 맑은 향기 풍기고 달은 흐릿
하네(春宵一刻值千金, 花有清香月有陰)"라는 구절이 보인다.

【선려 · 일반아】 제1수

꽃 핀 작은 누대 위로 달이 지면서
연초록 풀밭에 꽃모습 가려지니
천금 같은 시간은 결코 살 수 없다네.
등불 등지니
잠시 환해졌다 다시 꺼지네.

『전명산곡』(『양부인사곡』)

【仙呂・一半兒】其二

腰身小小意中人,
嬌態盈盈笑裏嗔,
一點靈犀漏泄春.[98]
引人魂,
一半兒香來一半兒粉.

『全明散曲』(『楊夫人詞曲』)

---

98) 靈犀(영서): 뿔 하나 달린 신령스러운 동물. 여기서는 무소뿔로 만든 여인의 머리
    장식을 가리킨다.
    漏泄春(누설춘): 봄기운 새어나오다. 남녀 간에 애정을 은밀히 전하는 것을 가리킨
    다.

【선려 · 일반아】 제2수

허리 가는 마음속의 그 여인
고운 자태 아름답고 웃으면서 토라지는데
무소뿔 빗치개에서 춘정이 느껴지네.
이 내 맘 끄는 것은
반은 몸 냄새요 반은 분 냄새.

『전명산곡』(『양부인사곡』)

【仙呂·一半兒】其三

水邊楊柳路邊花,
也照汚泥也照沙,
合著風流一夥家.
說情雜,
一半兒粧聾一半兒啞.[99]

『全明散曲』(『楊夫人詞曲』)

---

99) 粧聾(장농): 벙어리인 척 하다. 여기에서 '장(粧)'은 '장(裝)'의 뜻으로 '~인 척 하다'
는 의미이다. 『군음류선(群音類選)』에는 '유농(惟聾)'으로 되어있으며 '벙어리'로 풀
이된다.

【선려 · 일반아】 제3수

강가의 버드나무 길가의 버들솜
진흙에도 비치고 모래에도 비치면서
풍류객들에게 달라붙네.
말하는 정이 잡스러워
반은 귀머거리인 척 반은 벙어리인 척.

『전명산곡』(『양부인산곡』)

【仙呂·一半兒】其四

金杯美酒苦留他,
錦帳羅帷不戀咱,[100]
翠袖紅粧馬上斜.
俏冤家,[101]
一半兒囂人一半兒耍.

『全明散曲』(『楊夫人詞曲』)

---

100) 咱(찰): 나. 1인칭.
101) 冤家(원가): 정인(情人)에 대한 친근한 호칭.

【선려·일반아】제4수

금 술잔에 맛좋은 술로 애써 그녀를 잡지만
비단 휘장 속에서 나를 사랑해 주지 않고
푸른 소매에 붉게 단장한 채 말 위에서 기우뚱하네.
미운 그녀
반은 심란해하면서도 반은 즐기는 듯.

『전명산곡』(『양부인사곡』)

【해설】 이 작품은 북곡 중두 4수이다. 『군음류선(群音類選)』에는 「정을 쓰다(題情)」라는 제목이 있고, 양신의 작품으로 되어있다. 제1수는 시간의 소중함을 느끼며 천금 같은 시간을 즐겨야 함을 노래하였고, 제2수는 한 여인에게 끌리는 심정을 솔직하게 토로하였다. 제3수는 버드나무와 길가의 꽃으로 비유되는 기녀들의 복잡한 속사정에 모르는 척하는 무정한 모습을 그렸고, 제4수는 자신을 사랑해주지 않는 기녀에 대한 서운한 심정을 표현하였다. 이 작품의 묘미는 "반은 …이면서 반은 …(一半…, 一半…)"인 구절에 있다. 후렴구처럼 반복적으로 운용되어 노래가처럼 산곡의 본색을 잘 보여주었고, 이쪽과 저쪽 경계에 있는 감정의 유희를 생동감 있게 표현하였다.

【雙調·折桂令】其一

記相逢月地雲階,[102]
剩枕閑衾,
擘鈿分釵.[103]
半點芳心,
三生薄倖,[104]
一寸離懷.
立秋千風吹繡帶,
倚闌干露濕羅鞋.
人去愁來,
信阻音乖.
淹了藍橋,[105]
旱了陽臺.[106]

『全明散曲』(『楊夫人詞曲』)

---

102) 月地雲階(월지운계): 선경(仙境). 아름다운 경치.
103) 擘鈿分釵(벽전분채): 자개 합(盒)을 쪼개고 비녀를 가르다. 부부나 연인들이 헤어지는 것을 가리킨다.
104) 三生(삼생): 불교 용어로 전생(前生), 현생(現生), 후생(後生)의 삼생을 가리킨다.
105) 藍橋(남교): 섬서성(陝西省) 남전현(藍田縣) 동남쪽에 있는 다리. 남녀가 만나는 장소를 가리킨다. 당(唐) 배형(裴鉶)의 『전기(傳奇)·배항(裴航)』에는 수재 배항과 선녀 운영(雲英)이 이 다리에서 만나는 내용이 있다.
106) 陽臺(양대): 양대몽(陽臺夢). 전국(戰國) 시기 송옥(宋玉)의 「신녀부(神女賦)」에 의하면, 초(楚) 양왕(襄王)과 무산(巫山)의 신녀가 꿈속에서 만나 정을 나누었던 장소라고 한다.

【쌍조 · 절계령】 제1수

기억하나니 달빛 어린 구름 계단에서 서로 만나
베개와 이불 버려둔 채
자개 합을 나누고 비녀 갈라 헤어졌네.
반 토막 난 내 마음
삼생에 걸친 박복함
한 치 짧은 이별의 회한.
그네를 타니 자수 허리띠 바람에 날리고
난간 기대니 비단 신이 이슬에 축축하네.
사람 떠나 근심스러운데
소식마저 끊어지니
남교는 물에 잠기고
양대에는 가뭄 들겠네.

『전명산곡』(『양부인사곡』)

【雙調・折桂令】其二

記相隨竝枕同衾,
愁也同禁,
病也同禁.
翠袖雕鞍,
寒冰凍雪,
遠水遙岑.
好時光歡娛未穩,
惡姻緣憔悴如今.
感歎沉吟,
舊約休尋.
抹殺了交頸鴛鴦,
再休提一刻千金.

『全明散曲』(『楊夫人詞曲』)

【쌍조 · 절계령】 제2수

기억하나니 서로 따르며 이부자리 함께 하면서
수심도 함께 견디고
아픔도 함께 견디었지.
푸른 소매와 화려한 안장
차가운 얼음과 얼어붙은 눈
아득한 강물과 먼 산.
좋은 시절의 즐거움 가시지 않는데
나쁜 인연으로 지금처럼 초췌해졌네.
탄식하고 읊조리면서
옛 약속을 찾지도 말며
다정하던 원앙 시절 다 지워버리고
다시는 천금 같던 그 순간을 생각하지도 말자.

『전명산곡』(『양부인사곡』)

117

【雙調·折桂令】其三

記風流窈窕知心,
花底垂頭,
石上磨簪.
花朶兒身描,
月芽兒眉細,[107)
柳眼兒情深.[108)
竹枝兒扭斷了誰憐瘦損,
桃瓤兒擘破了人在中心.[109)
鸞鳳離林,
鴉雀相侵.
不爭他蝶鬧蜂喧,
都只因雁落魚沉.[110)

『全明散曲』(『楊夫人詞曲』)

---

107) 月芽兒(월아아): 초승달.
108) 柳眼兒(유안아): 버들의 새싹.
109) 桃瓤兒擘破了人在中心(도양아벽파료인재중심): 호두 쪼개니 그이가 그 안에 있다. 오대(五代) 전촉(前蜀) 우희제(牛希濟)의 「생사자(生査子)」에 "하루 종일 호두 쪼갰더니 알맹이가 그 안에 있네(終日劈桃瓤, 仁兒在心里)"라는 구절이 있는데, 알맹이(仁)와 사람(人)은 같은 음이다. 즉, 호두알이 호두 속에 있듯이 마음속에 그이가 있다는 의미이다.
110) 雁落魚沉(안락어침): 기러기가 떨어지고 물고기가 숨다. 서신을 전할 수 없는 상황을 가리킨다.

【쌍조 · 절계령】 제3수

기억하나니 풍류군자와 요조숙녀가 마음 맞아서
꽃 아래서 머리 숙이고
돌 위에서 비녀 비비었었지.
꽃송이가 그 몸에 그려진 듯
초승달이 눈썹에 가늘게 뜨고
버들 싹이 마음에 깊었었는데.
댓가지 꺾어도 그 누가 수척해짐을 가여워하랴
호두 쪼개면 그이가 그 안에 있으리.
난새와 봉황이 숲을 떠나니
까마귀와 참새 서로 날아드는데
저 시끄러운 벌 나비와는 다투지 말자
모두 기러기 떨어지고 물고기 숨은 탓이라.

『전명산곡』(『양부인사곡』)

【雙調·折桂令】其四

記相思俊俏嬌娃,
間阻多端,
咫尺天涯.
雲鬢慵梳,
蛾眉羞畫,
都只因他.
歎光陰如奔駿馬,
笑玉顏不及寒鴉.
閉月羞花,[111]
掃雪烹茶.
美愛幽歡,
變做了短歎長嗟.

『全明散曲』(『楊夫人詞曲』)

---

111) 閉月羞花(폐월수화): 달이 숨고 꽃이 부끄러워하다. 폐월(閉月)은 초선(貂蟬), 수화
(羞花)는 양귀비를 가리키는데 모두 절세의 미인을 비유한다.

【쌍조·절계령】 제4수

기억하나니 선남선녀 서로 그리워하지만
갖은 이유로 가로막혀
지척도 하늘가 같구나.
머리카락 빗질하기 귀찮고
눈썹 그리기 부끄러운 것은
모두 그 사람 때문이라.
치달리는 말처럼 가는 세월 탄식하고
갈 까마귀만도 못해진 고운 얼굴 우습구나.
달도 숨고 꽃도 부끄러워하던 미인이
눈을 쓸어 담아 차를 끓이는데
아름다운 사랑과 그윽한 즐거움은
짧은 탄식과 긴 한숨으로 변해버렸네.

『전명산곡』(『양부인사곡』)

【해설】 이 작품은 북곡 중두 4수이다. 행복했던 신혼 시절을 떠올리면서 홀로 지내는 현재의 외로운 심경을 노래하였다. 제1수의 "소식마저 끊어지니(信阻音乖)", 제2수의 "다정하던 원앙 시절 다 지워버리고(抹殺了交頸鴛鴦)", 제3수의 "그 누가 수척한 몸 가여워하랴(誰憐瘦損)", 제4수의 "모두 그 사람 때문이라(都只因他)" 등 구절에서는 남편 양신에 대한 원망이 강하게 드러나지만, 제3수의 "그이가 그 안에 있으리(人在中心)"라는 고백을 통해 남편에 대한 변함없는 사랑을 강조하였다. 다만 제3수의 내용으로 미루어볼 때, 남편의 서신이 끊긴 데 대해 주변사람들의 오해와 음해가 있었던 것으로 보인다.

121

【商調·梧葉兒】其一

雪和雨,
雨和雪,
雪兒雨兒無休歇.
隴驛傳梅隔,[112]
池塘夢花怯,[113]
窗案燈花謝,
難打熬無如今夜.[114]

『全明散曲』(『楊夫人詞曲』)

112) 隴驛(농역): 농산(隴山)의 역참. 농산은 섬서성(陝西省)과 감숙성(甘肅省) 사이에 있
는 산으로 여기에서는 아주 먼 곳을 가리킨다. 송(宋) 육개(陸凱)의 「증범엽(贈范
曄)」에 "매화 꺾어 역참의 심부름꾼 만나 농산에 있는 이에게 보내네(折梅逢驛使,
寄與隴頭人)"라는 구절이 있다.
113) 池塘夢花(지당몽화): 연못에서 꽃 지는 꿈을 꾸다. 봄이 가는 것을 가리킨다. 원(元)
왕실보(王實甫)의 『서상기(西廂記)』 속 여주인공 최앵앵(崔鶯鶯)이 창하는 [혼강룡
(混江龍)]에 "연못에서 꿈을 깨고 나서 난간에서 봄을 떠나보내네(池塘夢曉, 闌檻謝
春)"라는 구절이 있다.
114) 打熬(타오): 참고 견디다.

【상조·오엽아】 제1수

눈과 비
비와 눈
눈과 비 그치지 않는다.
농산 역참에서 전하는 매화소식 뜸해지며
연못에서 꽃 지는 꿈을 꿀까봐 두려운데
창가 책상의 촛불 심지 사그라져
이 밤을 견디기 어렵구나.

『전명산곡』(『양부인사곡』)

【商調·梧葉兒】其二

衾如鐵,
信似金,
玉漏靜沉沉.
萬水千山夢,115)
三更半夜心,
獨枕孤眠分,
這愁懷那人爭信.

『全明散曲』(『楊夫人詞曲』)

---

115) 萬水千山夢(만수천산몽): 만 리 물길과 첩첩산중의 꿈. 여기서는 꿈속에서 산 넘고
　　물 건너 양신을 찾아가는 것을 가리킨다.

【상조 · 오엽아】 제2수

이불은 쇠 같고
믿음은 금 같은데
물시계 고요하게 떨어진다.
만 리 물길과 첩첩산중의 꿈
삼경 한밤중의 이 마음
홀로 베개 베고 외로이 잠들면서 떨어져 있으니
이 근심을 그이가 어이 믿으랴.

『전명산곡』(『양부인사곡』)

【商調・梧葉兒】 其三

元宵近,
燈火稀,
冷落似寒食.
歲月淹歸計,
干戈有是非,
烽火無消息,
曉來時帶減征衣.

『全明散曲』(『楊夫人詞曲』)

【상조·오엽아】 제3수

원소절 가까워도
등불이 적어
한식날처럼 싸늘하다.
세월 속에 돌아올 계획 막혔나니
전란으로 시비 거리 있지만
봉화 불 소식은 없으니
날 밝으면 나그네의 허리띠 헐거워지겠네.

『전명산곡』(『양부인사곡』)

【商調·梧葉兒】其四

金爐畔,
玉案前,
記得當年鵠立通明殿.116)
翦綵宮梅片,
青煙御柳篇,
明月傳柑宴,117)
幾曾經瘴雨蠻煙.118)

『全明散曲』(『楊夫人詞曲』)

---

116) 通明殿(통명전): 옥황상제의 궁궐. 여기서는 양신이 조회에 참석한 것을 가리킨다.
   송(宋) 소식(蘇軾)의 「상원시음루상정동열(上元侍飲樓上呈同列)」에 "입시한 신하들
   고니처럼 통명전에 서 있는데 한 조각 붉은 구름 옥황상제 받드네(侍臣鵠立通明殿,
   一朵紅雲捧玉皇)"라는 구절이 있다.
117) 傳柑宴(전감연): 귤을 하사하는 연회. 북송(北宋) 시기 원소절(元宵節)이 되면 궁궐
   에서 신하들을 불러 연회를 열고 귤을 하사하는 풍습이 있었는데 이를 전감(傳柑)
   이라고 했다. 송(宋) 왕동조(王同祖)의 「경성원석(京城元夕)」에 "옥황상제 귤 하사
   하는 연회 열지 않고 고대광실 궁궐에 봄을 나눠주네(玉皇不賜傳柑宴, 散與千門萬
   戶春)"라는 구절이 있다.
118) 瘴雨(장우): 장기(瘴氣). 즉 운남의 습하고 더운 기운을 품은 비를 가리킨다.

【상조·오엽아】 제4수

금 화롯가
옥 책상 앞에서
그때 통명전에서 고니처럼 서 있던 일 기억하네.
채색 종이 자른 듯한 궁의 매화 꽃잎
푸른 안개 어린 듯한 어전의 버들 문장
밝은 달빛 아래 귤 하사하는 연회가 열리건만
남방의 습한 비와 안개를 몇 번이나 맞으시려나.

『전명산곡』(『양부인사곡』)

【해설】 이 작품은 남곡 중두 4수이다. 제1수는 매화가 피기도 전에 질까봐 걱정
하면서 자신의 청춘을 안타까워하는 심정을 투영하였고, 제2수는 깊은 밤 독수
공방하는 외로운 심경을 노래하였다. 제3수는 한식날에도 남편이 돌아오지 않아
홀로 쓸쓸히 명절을 보내는 상황을 묘사하였고, 제4수는 북경 궁궐의 조회에 참
여하던 남편의 옛 모습을 떠올리면서 남편의 처지를 안타까워하는 마음을 표현
하였다.

嘲

【仙呂入雙調 · 柳搖金】 其一

茅簷草下,
誰種出海棠花,
嬌滴滴俏冤家.119)
柳腰枝剛一把,
綰烏雲雙鬢鴉.120)
娉婷未嫁,
二八時娉婷未嫁.
飮散流霞,121)
只落得夢魂牽掛.122)

『全明散曲』(『楊夫人詞曲』)

---

119) 滴滴(적적): 형용사 뒤에서 그 정도를 강조하는 표현.
120) 鬢鴉(빈아): 살쩍머리.
121) 飮散流霞(음산유하): 맛 좋은 술을 마시다. 유하(流霞)는 신선들이 마시는 음료, 맛
   좋은 술을 뜻한다. 『채필정사(彩筆情辭)』에는 '유하음산(流霞飮散)'으로 되어있고
   '맛 좋은 술 마시다'로 풀이된다.
122) 落得(낙득): ~하게 되다. ~을 초래하다. 나쁜 결과가 된 것을 나타낸다.
   牽掛(견괘): 이끌리다. 해당화를 오래도록 보게 됨을 가리킨다.

조롱

【선려입쌍조 · 유요금】 제1수

초가집 처마 아래
누군가 심은 해당화
아름다운 모습이 미운님을 닮았네.
버들허리 같은 줄기는 겨우 한 줌이고
먹구름 엉긴 모습은 양쪽 살쩍머리 같네.
예쁜 자태 시집가기 전인데
열여섯 예쁜 자태 시집가기 전이네.
노을빛 술 마신 낯빛이
꿈꾸는 이를 붙잡고 말았네.

『전명산곡』(『양부인사곡』)

【仙呂入雙調・柳搖金】 其二

尊前花下,
且寬心留戀咱,
何日再遇嬌娃.
雙並頭還嫌遠,
怎生的拋撇了他.
金錢買卦,123)
桃花女金錢買卦.
寶馬香車,
再來時春宵無價.

『全明散曲』(『楊夫人詞曲』)

---

123) 金錢買卦(금전매괘): 금전괘(金錢卦). 세 개의 동전으로 괘를 점치는 방식으로 민간
에서 많이 사용되었다.

【선려입쌍조·유요금】 제2수

꽃 아래서 술잔 앞두고
잠시 마음 놓고 못내 아쉬워하나니
언제 다시 아름다운 여인 만날까.
나란히 머리 맞대니 더욱 멀어지기 싫은데
어떻게 그를 저버리랴.
금전으로 점을 치고
복사꽃 여인 금전으로 점을 친다.
귀한 말 탄 이와 수레 탄 여인
다시 올 때 봄밤은 더없이 소중하리.

『전명산곡』(『양부인사곡』)

【仙呂入雙調·柳搖金】其三

留他不下,
爲誰人忙去家,
回首時隔天涯.
東郊頭扶上馬,
紫絲韁手懶拿.
淚沾羅帕,
背人處淚沾羅帕.
一曲琵琶,
兜率天怎如愁大.[124]

『全明散曲』(『楊夫人詞曲』)

---

124) 兜率天(도솔천): 불교에서 욕계(欲界)의 육천(六天) 중 네 번째 천(天)으로 미륵보살
의 정토(淨土)이다.

【선려입쌍조 · 유요금】 제3수

그 사람 붙잡지 못했네
누굴 위해 서둘러 집을 떠나는지
고개 돌리니 하늘가 저 멀리 있네.
동쪽 교외에서 부축 받아 말에 올라
자색 말고삐 느슨하게 잡는다.
눈물이 비단 수건 적시고
남의 눈 없는 데서 눈물이 비단 수건 적시네.
한 곡의 비파 가락
도솔천이 왜 이리 수심이 큰 걸까.

『전명산곡』(『양부인사곡』)

【仙呂入雙調・柳搖金】其四

與他說下,
休戀著花木瓜,[125]
端的是意兒差.
老鴇兒惡狠狠,[126]
黃桑棍寸紮麻.
磨殺纏罷,
休只等磨殺纏罷.
喬坐花衙,[127]
疼殺我哥哥大大.[128]

『全明散曲』(『楊夫人詞曲』)

---

125) 花木瓜(화모과): 모과. 겉모습만 좋고 쓸모없는 사람을 비유하는데 여기서는 남자
    를 유혹하는 기녀를 가리킨다.
126) 老鴇兒(노보아): 늙은 기녀.
127) 喬坐花衙(교좌화아): 꽃 같은 귀족 자제인 척하다. 교(喬)는 ~인 척 한다는 뜻이고
    아(衙)는 귀족이나 관료 자제이다. 『채필정사(彩筆情辭)』에는 '화아교좌(花衙喬坐)'
    로 되어있고 '귀족 자제인 척'으로 풀이된다.
128) 哥哥(가가): 사랑하는 그대. 주로 애인이나 남편을 부르던 호칭.
    大大(대대): 대대법법(大大法法). 키가 크고 우람한 사람을 일컫는 방언.

【선려입쌍조 · 유요금】 제4수

그 사람에게 말했건만
모과 같은 기녀 좋아하지 마시라고
정말로 이 생각은 어긋나버렸네.
늙은 기녀 사나워서
뽕나무 몽둥이로 마디마디 얼얼하게 때린 듯.
괴롭히고 나서야 그치겠지만
괴롭히고 나서야 그치도록 기다리진 말아야지.
귀족인 척 행세하는 저 기녀가
우리 흰칠한 남편을 너무도 좋아하네.

『전명산곡』(『양부인사곡』)

【해설】 이 작품은 남곡 중두 4수이다. 『채필정사(彩筆情辭)』에는 「아름다운 기녀에게 주다(贈美妓)」라는 제목이 있고, 양신의 작품으로 되어있다. 하지만 제 4수의 마지막 구절에서 '우리 흰칠한 남편(我哥哥大大)'이라고 표현한 것을 보건대, 이 작품의 작자는 황아로 추정된다.

제1수에서 해당화와 미운님은 남편을 사로잡은 기녀를 가리킨다. "노을빛 술 마신 낯빛(飮散流霞)"은 붉은 해당화의 모습에 술 마셔서 발그레해진 기녀의 얼굴을 비유한 표현이다. 제2수는 기녀와 양신이 즐거운 한때를 보내는 내용이다. 제3수는 서둘러 집을 떠나 기녀에게 가버리는 무정한 남편의 모습을 그렸고, 제4수는 자신의 당부를 듣지 않은 남편과 기녀 때문에 고통스러운 마음을 표현하였다.

【雙調·落梅風】 其一

樓頭小,¹²⁹⁾
風味佳,
峭寒生雨初風乍.
知不知對春思念他,
背立在海棠花下.

『全明散曲』(『楊夫人詞曲』)

---

129) 樓頭(누두): 누대.

【쌍조 · 낙매풍】 제1수

누대가 작아도
풍취는 뛰어난데
추워지면서 비 막 내리고 바람 갑자기 부네.
이 봄에 당신 그리워하는지 아시나요?
등지고 해당화 아래 서있네.

『전명산곡』(『양부인사곡』)

【雙調·落梅風】其二

書憑雁,
夢借蝶,
枉耽了千金良夜.
倚闌干愁見月兒斜,
洞房冷銀燈花謝.

『全明散曲』(『楊夫人詞曲』)

【쌍조 · 낙매풍】 제2수

편지는 기러기에게 맡기고
꿈은 나비에게 의지한 채
천금 같이 좋은 밤을 헛되이 보내누나.
난간에 기대어 지는 달 근심스레 보자니
규방도 싸늘하고 은 등불도 꺼졌구나.

『전명산곡』(『양부인사곡』)

【雙調・落梅風】 其三

春寒峭,
春夢多,
夢兒中和他兩個.
醒來時空牀冷被窩,
不見你空留下我.

『全明散曲』(『楊夫人詞曲』)

【쌍조 · 낙매풍】 제3수

봄추위 쌀쌀해도
봄꿈은 많나니
꿈속에선 당신과 둘이라네.
깨어나면 빈 침상에 이불이 싸늘한데
당신은 보이지 않고 그저 나만 남아있네.

『전명산곡』(『양부인사곡』)

【雙調·落梅風】 其四

因他俏,
把咱迷,130)
眼睜睜指甚爲題.
害相思只怕日平西,131)
合著眼光推昏睡.

『全明散曲』(『楊夫人詞曲』)

---

130) 咱(찰): 나. 황아 자신을 가리킨다.
131) 害(해): 어찌. 의문사이다.
　　日平西(일평서): 해가 서쪽으로 기울다.

【쌍조·낙매풍】 제4수

그대 멋져서
나를 미혹시키니
눈을 뜬 채 손가락으로 무엇인가 쓰노라.
그리움 때문에 해지는 것이 두려운지라
눈을 꼭 감고 깊은 잠 밀어내네.

『전명산곡』(『양부인사곡』)

【해설】 이 작품은 북곡 중 두 4수이다. 『채필정사(彩筆情辭)』에는 「봄의 그리움 (春思)」이라는 제목이 있고, 양신의 작품으로 되어 있다. 하지만 제1수에서 "남몰 래 해당화 주변에 서 있는(背立在海棠花下)" 행위의 주체가 봄이 가서 해당화가 질까 걱정하는 황아로 보여, 황아의 작품으로 추정된다. 남편과 함께 지내고 싶 었던 아름다운 봄날이 봄비 속에 빨리 가버리는 게 아쉬워 밤새도록 잠 못 이루 는 여인의 심정을 간결하게 표현하였다. 작품 전체에 걸쳐 시간이 가는 데 대한 아쉬움이 진하게 표현되어 있다.

【中呂‧駐馬聽】其一

夢峽啼湘,[132]
千古多情兩斷腸.
眼穿心碎,
影隻形單,
意慘神傷.
寒生翠被裊餘香,
鏡中不見靑鸞樣.[133]
好處休忘,
長記得花前月下相偎傍.

『全明散曲』(『楊夫人詞曲』)

---

132) 夢峽(몽협): 무산(巫山)을 꿈꾸다. 전국(戰國) 시기 송옥(宋玉)의 「신녀부(神女賦)」에서 초(楚) 양왕(襄王)과 무산(巫山)의 신녀가 꿈속에서 만나 정을 나눈 일을 말한다.
啼湘(제상): 상수(湘水)에서 울다. 순(舜) 임금의 두 왕비인 아황(娥皇)과 여영(女英)이 순 임금이 창오(蒼梧)에서 객사하자 그곳으로 달려가 슬피 울며 상수에 빠져 죽은 일을 말한다.

133) 鏡中不見靑鸞樣(경중불견청난양): 거울 속에서 푸른 난새의 모습 보이지 않는다. 남조(南朝) 송(宋) 범태(范泰)의 「난조시서(鸞鳥詩序)」에 의하면, 옛날 서역 계빈국(罽賓國)의 난새가 삼년 동안 울지 않자 거울을 보여주었는데 거울 속의 모습을 보고 슬피 울다 죽었다고 한다.

【중려 · 주마청】 제1수

무산 신녀의 꿈과 상비의 눈물은
천고의 다정한 일로 모두 애끓는 일이라.
눈도 뚫어질 듯 마음도 부서질 듯
그림자도 하나 이 몸도 하나
생각도 슬프고 마음도 상한다.
찬 기운 도는 비취이불에 남은 향기 하늘대는데
거울에는 푸른 난새의 모습도 보이지 않는다.
그 좋은 곳을 잊지 말아야지
달빛 아래 꽃 앞에서 서로 기대던 그곳을 길이 기억하리라.

『전명산곡』(『양부인사곡』)

【中呂·駐馬聽】 其二

離別曾經,
不似今番最慘情.
想著他水邊嫋嫋,
月底娟娟,
花下盈盈.
到如今守窗無語恨長更,
燈前不見徘徊影.
萬里飄零,
那堪對此淒凉境.

【중려 · 주마청】 제2수

이별을 일찍이 경험했건만
이번처럼 정말로 참담하진 않았다.
생각해보면 물가에서 한들한들
달빛 아래 아리땁고
꽃 아래서 사뿐사뿐.
지금은 말없이 창가 지키며 긴 밤 한하는데
등불 앞에는 배회하는 그림자조차 보이지 않는다.
만 리 떠도는 신세로
어찌 이 처량한 상황을 대할까.

『전명산곡』(『양부인사곡』)

【中呂·駐馬聽】 其三

淚眼看花,
記得臨行相送他.
一場春夢,
千種風流,
咫尺天涯.
慵歌白雪飲流霞,[134]
尊前不見凌波襪.[135]
懊惱嗟呀,
山盟海誓成虛話.

『全明散曲』(『楊夫人詞曲』)

---

134) 白雪(백설): 당(唐) 잠참(岑參)의 「백설가송무판관귀경(白雪歌送武判官歸京)」을 가리
킨다. 조정으로 다시 복귀하기를 바라는 마음을 비유한다.
流霞(유하): 신선들이 마시는 음료, 맛 좋은 술을 뜻한다.
135) 凌波襪(능파말): 물결 밟듯이 사뿐히 걷는 여인의 걸음걸이. 삼국시대(三國時代) 위
(魏) 조식(曹植)의 「낙신부(洛神賦)」에 "물결 위를 걷는 듯이 사뿐한 걸음걸이에 비
단 버선에서 먼지가 이네(凌波微步, 羅韈生塵)"라는 구절이 있다.

【중려 · 주마청】 제3수

눈물어린 눈으로 꽃을 보니
떠날 때 전송하던 모습 생각난다.
한바탕 봄꿈 속에서
온갖 풍류 누렸건만
지척도 하늘가 같구나.
「백설가」를 마지못해 부르며 술을 마시지만
술잔 앞에는 사뿐대던 발걸음이 보이지 않는다.
괴로워하며 탄식하노라
산과 바다 같던 그 맹세도 빈말이 되었다고.

『전명산곡』(『양부인사곡』)

【中呂·駐馬聽】其四

春夢悠悠,
日壓重簷懶奉頭.
鸞孤鳳隻,
燕懶鶯慵,
蝶恨蜂愁.
粉香餘暖在衾稠,
懷中不見纖纖手.
有日綢繆,[136]
他心我意還依舊.

『全明散曲』(『楊夫人詞曲』)

---

136) 有日(유일): 많은 날.

【중려 · 주마청】 제4수

봄꿈 아득하여
해가 겹처마에 내리쬘 때에야 나른하게 머리를 든다.
난새처럼 외롭고 봉새처럼 혼자이며
제비처럼 나른하고 꾀꼬리처럼 게으르며
나비처럼 한스럽고 벌처럼 근심한다.
분 향기와 온기가 이부자리에 남았건만
품안의 섬섬옥수는 보이지 않는다.
사랑으로 얽힌 그 많던 나날들
당신과 나의 마음은 그래도 예전 같으리라.

『전명산곡』(『양부인사곡』)

【해설】 이 작품은 남곡 중두 4수이다. 『오소이집(吳騷二集)』에는 「봄의 그리움 (春思)」, 『채필정사(彩筆情辭)』에는 「미인을 생각하다(懷美)」, 『남궁사기(南宮詞紀)』에는 「이별을 원망하다(怨別)」라는 제목이 있고, 모두 양신의 작품으로 되어 있다. 제1수의 "거울에는 푸른 난새의 모습도 보이지 않는다(鏡中不見靑鸞樣)", 제2수의 "만 리 떠도는 나그네로(萬里飄零)", 제3수의 "술잔 앞에는 사뿐대던 발걸음이 보이지 않는다(尊前不見凌波襪)", 제4수의 "품안의 섬섬옥수는 보이지 않는다(懷中不見纖纖手)" 등 구절로 볼 때, 이 작품은 양신의 작품인 것이 확실하다. 제2수에서 "이별을 일찍이 경험했건만(離別曾經)"이라고 한 구절로 볼 때, 이 작품은 황아가 3년 동안 운남 생활을 견디지 못하고 사천으로 돌아가 버린 직후에 지어진 것으로 추정된다. 이 작품을 통해 양신 또한 황아에 대한 깊은 애정을 지니고 있었고, 고향으로 돌아간 황아를 그리워하고 있었음을 알 수 있다.

【雙調·風入松】 其一

噴香瑞獸小粧臺,[137)]
咫尺天台.[138)]
芭蕉不展丁香結,
閉春心眉鎖難開.
銀蠟燒燈過後,
金釵鬪草歸來.[139)]

『全明散曲』(『楊夫人詞曲』)

---

137) 瑞獸(서수): 상서로운 동물 모양의 향로.
138) 天台(천태): 천태산(天台山). 여기서는 기방을 가리킨다. 남조(南朝) 송(宋) 유의경 (劉義慶)의 『유명록(幽明錄)』에 의하면, 유신(劉晨)과 완조(阮肇)가 천태산에 약초를 캐러 들어갔다가 선녀를 만나 함께 지내고 돌아오니 이미 7대가 지나있었다고 한 다.
139) 金釵鬪草(금채투초): 금비녀를 뽑아 투초 놀이를 하다. 주로 단오절에 하였던 놀이 이다.

【쌍조 · 풍입송】 제1수

동물 향로에서 향기 뿜어내는 작은 화장대
천태산이 지척이구나.
파초가 말려있고 정향이 맺혔듯이
춘심을 닫고서 찌푸린 미간 펴기 어렵다.
은촛대 사르고 등불도 다한 뒤에야
금비녀 뽑아 투초놀이 하고 돌아오겠지.

『전명산곡』(『양부인사곡』)

【雙調·風入松】其二

徘徊花月可憐宵,
天近人遙.
有情芍藥含春淚,
夢回時一枕無聊.
王母池連翠水,[140]
雲英家住藍橋.[141]

『全明散曲』(『楊夫人詞曲』)

---

140) 王母池(왕모지): 서왕모(西王母)가 사는 요지(瑤池).
141) 雲英家住藍橋(운영가주남교): 운영이 사는 집이 남교에 있다. 좋아하는 여인의 집
    이 멀리 있다는 것을 가리킨다. 당(唐) 배형(裴鉶)의 『전기(傳奇)·배항(裴航)』에는
    수재 배항과 선녀 운영(雲英)이 이 다리에서 만나는 내용이 있다.

【쌍조 · 풍입송】 제2수

꽃과 달 사이에서 배회하는 서글픈 밤
하늘은 가까운데 사람은 멀리 있구나.
유정한 작약은 봄의 눈물 머금었는데
꿈에서 깨어나니 침상은 온통 무료하다.
서왕모의 요지가 이어진 푸른 물가
운영은 이 남교에 살건만.

『전명산곡』(『양부인사곡』)

【雙調・風入松】其三

月樓花院好風光,
謝女檀郎.¹⁴²⁾
朝朝暮暮遙相望,
殢人嬌羅帶留香.¹⁴³⁾
靑鳥解傳消息,¹⁴⁴⁾
銀河不隔紅牆.¹⁴⁵⁾

『全明散曲』(『楊夫人詞曲』)

---

142) 謝女(사녀): 진(晉) 사도온(謝道蘊). 문학적 재능이 뛰어난 여자를 비유한다.
　　檀郎(단랑): 반악(潘岳). 미남자를 가리킨다. 반악의 어릴 적 자(字)가 단노(檀奴)여
　　서 '단랑'은 미남, 사랑하는 남자를 가리키게 되었다.
143) 殢人(체인): 사람을 빠져들게 하다.
144) 靑鳥(청조): 서왕모(西王母)에게 음식을 나르거나 편지를 전하는 새. 사랑의 전령사.
145) 銀河不隔紅牆(은하불격홍장): 은하수가 붉은 담을 가로막지 않다. 홍장(紅牆)은 여
　　인의 거처를 말한다. 여기서는 견우와 직녀의 이야기를 빌어 표현하였다.

【쌍조·풍입송】 제3수

달빛 어린 누대와 꽃 핀 정원의 좋은 경치
사도온과 반악 같았다.
아침저녁으로 아득히 바라봤지만
매혹적인 고운 비단옷에는 향기만 남았구나.
소식을 전할 줄 아는 파랑새야
은하수가 붉은 담장을 가로막진 않겠지.

『전명산곡』(『양부인사곡』)

【雙調・風入松】其四

繡羅紅嫩抹酥胸,
此夕重逢.
妬雲恨雨腰肢重,[146]
暈眉心獺髓分紅.[147]
蠟燭寒籠翡翠,
麝香暖度芙蓉.[148]

『全明散曲』(『楊夫人詞曲』)

146) 妬雲恨雨(투운한우): 구름을 시샘하고 비를 원망하다. 여기서는 운우지정(雲雨之情)을 가리킨다.
147) 獺髓(달수): 수달의 골수. 여기서는 화장품을 가리킨다. 동진(東晉) 왕가(王嘉)의 『습유기(拾遺記)』에 의하면, 수달의 골수를 옥가루와 호박(琥珀)과 섞어 바르면 상처를 아물게 할 수 있다고 한다.
148) 이 두 구는 남녀가 합방할 때의 상황을 묘사한 것으로, 당(唐) 이상은(李商隱)의 「무제(無題)」에 "촛불은 금빛 비춰 이불 반쯤 비추고, 사향 향기는 수놓인 부용 휘장에 살짝 스며드네(蠟照半籠金翡翠, 麝熏微度繡芙蓉)"라는 구절을 운용하였다.

【쌍조·풍입송】제4수

자수 비단 옷의 붉고 여린 천을 보드란 가슴에 스치면서
이 밤에 다시 만났다.
구름 샘내고 비를 원망하듯 허리와 팔다리를 포개는데
눈썹먹 번지고 흰 분 바른 얼굴에 홍조 생기네.
촛불은 싸늘하게 비춰 이불을 감싸는데
사향은 따스하게 부용 휘장을 넘어온다.

『전명산곡』(『양부인사곡』)

【해설】 이 작품은 북곡 중두 4수이다. 황아가 운남에 있는 양신을 그리워하며 상상 속에서 다시 만남을 표현하였다. 제1수는 멀리 떨어져 있는 양신을 생각하느라 수심에 잠겨있음을 노래하였고 제2수는 서왕모(西王母)가 요지(瑤池)에 있고 운영(雲英)이 남교(藍橋)에 있듯이 자신도 고향에서 양신을 기다리고 있음을 말하였다. 제3수는 사도온과 반악 같았던 과거를 추억하며 파랑새에게 이별 후의 아쉬움을 편지로 전하고 있고, 제4수는 상상 속에서 양신을 다시 만나 함께 밤을 보내는 장면을 묘사하였다. 작품 속에서 종종 남성적 시선이 느껴지긴 하지만 이는 황아가 사대부 여성이었기 때문에 남성 화자의 목소리를 낸 것으로 보인다.

秋夜有懷

【越調·綿搭絮】其一

長空如洗，
薄暮雨初收．
誰駕冰輪，[149]
碾破玻璃萬頃秋．
怕登樓，
牽惹離憂．
總使清光照我，
未審可照他州．
想是獨宿嫦娥，
也與人間無二愁．

『全明散曲』(『吳騷合編』)

---

149) 冰輪(빙륜): 달을 가리킨다.

가을밤의 심회

【월조 · 면탑서】 제1수

긴 하늘 씻은 듯이 만들고
저물녘에야 비가 막 그친다.
누가 저 차가운 달을 몰아
유리 같은 만경창파를 깨뜨리는가?
누대에 오르면
이별의 근심이 일어날까 걱정스럽다.
맑은 달빛이 나를 비추더라도
다른 곳도 비출 수 있음을 미처 살피지 못했구나.
혼자 사는 항아를 생각하니
인간세상과 근심이 다르지 않구나.

『전명산곡』(『오소합편』)

산동성(山東省) 벽화에 그려진 항아.

【越調·綿搭絮】 其二

花容消瘦,
默默自含羞.
猛憶當年,
枉把明珠暗裏投.150)
甚來由,
去覓封侯.151)
未審青驄何處,152)
浪蕩他州.
爭奈分短緣慳,
兩地相思一樣愁.

『全明散曲』(『吳騷合編』)

---

150) 明珠暗裏投(명주암리투): 명주암투(明珠暗投)는 영롱한 진주를 몰래 길가에 버려두
어 사람들이 모두 놀란다는 말로, 재능이 있는 사람이 중시를 받지 못하거나 좋은
물건이 물건을 알아보지 못하는 사람에게 있는 것을 가리킨다.

151) 覓封侯(멱봉후): 공명(功名)을 찾다. 봉후(封侯)는 원래 제후라는 뜻이나 공명을 가리
킨다. 당(唐) 왕창령(王昌齡)의 「규원(閨怨)」에 "문득 길가의 버들 빛을 보고는
낭군이 공명을 찾아가게 한 일을 후회하네(忽見陌頭楊柳色, 悔敎夫壻覓封侯)"라는
구절이 있다.

152) 靑驄(청총): 청총마(靑驄馬). 명마의 이름. 당(唐) 현종(玄宗) 때 고구려(高句麗) 출신
의 장군 고선지(高仙芝)가 타고 다녔다는 말로 두보(杜甫)의 「고도호총마행(高都護
驄馬行)」에 보인다.

【월조 · 면탑서】 제2수

꽃 같은 얼굴 수척해진 채
말없이 부끄러워한다.
갑자기 그때를 생각해보면
좋은 구슬 남몰래 버려졌었지.
무슨 까닭으로
공명을 찾아 떠나게 했던가?
청총마 어디 있는지 알지 못하는데
다른 곳에서 제멋대로 구는구나.
연분이 짧은 것을 어찌하랴
두 곳에서 그리워하며 똑같이 근심한다.

『전명산곡』(『오소합편』)

【越調·綿搭絮】其三

人間天上,
今夕是何秋?
看織女牛郎,
已渡銀河配鳳儔.[153]
恨無休,
兩淚交流.
不是姻緣反目,
恩變爲仇.
命薄紅顏,
翻做了招魂宋玉愁.

『全明散曲』(『吳騷合編』)

---

153) 鳳儔(봉주): 봉황 같은 짝. 재자가인(才子佳人)이 부부가 됨을 비유하는 말로 난교
봉주(鸞交鳳儔)라고도 한다.

【월조 · 면탑서】 제3수

인간세상과 천상에서
오늘 밤은 언제이련가?
직녀와 견우를 보니
이미 은하수 건너 봉황처럼 맺어졌네.
한은 끝이 없어
두 줄기 눈물 마구 흐르네.
인연이 틀어진 것도
은혜가 원수로 변한 것도 아니라네.
박복한 여인이
송옥 「초혼」의 근심을 얻게 돼서라네.

『전명산곡』(『오소합편』)

구리거울에 새겨진 견우와 직녀.

167

【越調·綿搭絮】 其四

寒衣未授,
大火又西流. 154)
只見北雁南來,
衰草茫茫無盡頭.
望歸舟,
人倚西樓.
一似黃花消瘦,
鬼病難瘳. 155)
又聽吹笛誰家,
落日山陽都是愁.

『全明散曲』(『吳騷合編』)

---

154) 大火(대화): 별자리 이름. 심성(心星)으로 이십팔수의 다섯 번째 별자리에 해당된다.
　　송(宋) 사마광(司馬光)의 「팔월오일야성직(八月五日夜省直)」에 "심성이 이미 서쪽으
　　로 지니 따뜻한 바람이 오히려 사람을 엄습하네(大火已西落, 溫風猶襲人)"라는 구
　　절이 있다.
155) 鬼病(귀병): 상사병. 남에게 알리기 어려운 괴이한 병.

【월조 · 면탑서】 제4수

겨울옷 아직 주지도 않았건만
심성은 또 서쪽으로 흘러가나니,
북방 기러기 남으로 돌아오고
가없이 망망한 시든 풀만 보인다.
돌아오는 배 바라보느라
사람은 서쪽 누각에 기대있다.
국화처럼 마르고 수척해지는
이 상사병은 치료하기 어렵구나.
또다시 누군가의 피리소리 들려오는데
해 지는 산 남쪽은 온통 수심이구다.

『전명산곡』(『오소합편』)

【해설】 이 작품은 남곡 중두 4수이다. 달 속 항아는 남편 없이 홀로 지내는 여인
을 비유하는 데 자주 활용되는 모티프로, 황아 역시 이 작품에서 홀로 된 자신의
모습을 항아에 비유하였다. 칠석 날 견우와 직녀의 만남을 남몰래 부러워하면서
자신의 박복한 신세를 한탄하였다. 남편에게서 연락도 끊기고 국화처럼 말라가
는 황아의 모습이 애처롭게 그려졌다.

【雙調 · 雁兒落帶得勝令】

[雁兒落]

俺也曾嬌滴滴徘徊在蘭麝房,156)　俺也曾香馥馥綢繆在鮫綃帳.157)　俺也曾顫巍巍擎他在手掌兒中,158)　俺也曾意懸懸閣他在心窩兒上.159)

[得勝令]

誰承望忽剌剌金彈打鴛鴦,160)　支楞楞瑤琴別鳳凰.161) 我這裏冷清清獨守鶯花寨,162)　他那裏笑吟吟相和魚水鄉.163) 難當, 小賤才假鶯鶯的嬌模樣.164) 休忙, 老虔婆惡狠狠做一場.165)

『全明散曲』(『楊夫人詞曲』)

---

156) 嬌滴滴(교적적): 아름답고 부드러운 모양. 여기서는 여인의 걸음걸이를 형용한다.
　　俺(엄): 나. 우리.
157) 香馥馥(향복복): 향기가 진한 것을 형용한다. 여기서는 여인의 향기를 가리킨다.
　　鮫綃(교초): 전설상 교인(鮫人)이 짰다는 얇은 비단.
158) 顫巍巍(전외외): 부들부들 떨리는 모양.
159) 意懸懸(의현현): 마음이 불안한 모양.
　　閣(각): 두다. 놓다.
160) 承望(승망): 짐작하다. 헤아리다.
　　忽剌剌(홀랄랄): 갑자기, 문득의 의미를 나타내는 의성어.
161) 支楞楞(지릉릉): 금(琴)이나 현악기가 울리는 소리를 나타내는 의성어.
162) 鶯花寨(앵화채): 원래는 기방을 의미하나 여기서는 자신의 집을 가리킨다.
163) 笑吟吟(소음음): 미소 짓는 모양.
　　魚水鄉(어수향): 물고기와 물처럼 친밀한 관계. 여기서는 양신과 정분 난 여인의 거처를 가리킨다.
164) 小賤才(소천재): 여자를 욕하는 말.
165) 老虔婆(노건파): 늙은 기녀. 양신과 정분 난 기녀를 가리킨다.

【쌍조 · 안아락대득승령】

[안아락]

나는야 일찍이 사뿐사뿐 향기 나는 규방에서 돌아다녔으며
나는야 일찍이 향기 풍기며 얇은 비단 휘장에 매여 있었네.
나는야 일찍이 떨면서 그를 손바닥 위에 떠받들었었고
나는야 일찍이 맘 졸이며 그를 마음속에 품었었네.

[득승령]

그 누가 짐작했으랴, 휙 하니 금 탄환이 원앙을 잡는 바람에
딩딩 금을 울리며 봉황과 헤어지게 될 줄을.
나는 이곳에서 적막하게 홀로 집을 지키고
그는 저곳에서 씩 웃으며 정분난 여인과 어울리네.
감당하기 어려운 건
저 몹쓸 것이 앵앵처럼 예쁜 척하는 거라네.
다급해 하지 말자
늙은 기녀가 사납게 한바탕 난리굿을 친대도.

『전명산곡』(『양부인사곡』)

【해설】 이 작품은 [안아락(雁兒落)]에 [득승령(得勝令)]을 함께 쓴 북곡 대과곡이다. 『채필정사(彩筆情辭)』에는 「한을 쓰다(寫恨)」라는 제목이 있고 양신의 작품으로 되어있지만 작품의 내용으로 미루어볼 때 황아의 작품으로 추정된다. 양신과 헤어지게 되면서 양신이 딴 여인에게 마음을 주게 된 과정을 12~13자의 긴 구법(句法)으로 묘사하였다. 가슴 설레던 연정, 남편에 대한 원망, 기녀에 대한 질투, 그러면서도 그 일에 마음 쓰지 않으려는 조바심 등 황아의 복잡한 심경이 절묘하게 표현되어 있다.

【雙調·水仙子帶過折桂令】

[水仙子]

不明不暗唱陽關,166)　無語無言倚畫闌,　多情多恨空腸斷. 那人兒甚日還, 相思擔其實難擔. 獨樹山頭路, 皐橋渡口船,167) 眼睜睜面北眉南.168)

[折桂令]

眼睜睜面北眉南.　抛閃得隻鳳孤鸞,169)　都只爲燕兩鶯三. 好箇人人, 從他去去, 鬼病懨懨. 常想著臨上馬淚抛珠點, 魘雙蛾鬢亂花尖. 鹽也般鹹, 醋也般酸. 你也休憨, 我也休憨.

『全明散曲』(『楊夫人詞曲』)

---

166) 不明不暗(불명불암): 높지도 않고 낮지도 않게. 나지막하게.
　　陽關(양관): 금곡(琴曲) 「양관삼첩(陽關三疊)」. 이별 노래의 대명사이다.
167) 皐橋(고교): 소주(蘇州)에 있는 다리 이름.
168) 眼睜睜(안정정): 눈 뜨고 보기만 할 뿐 어찌할 수 없음을 나타낸다.
　　面北眉南(면북미남): 남북으로 서로 헤어지다.
169) 隻鳳孤鸞(척봉고란): 한 마리 봉새와 외로운 난새. 여기서는 부부가 떨어지게 된 것을 비유한다.

【쌍조 · 수선자대과절계령】

[수선자]

나지막하게 「양관곡」을 부르다
말도 없이 채색 난간에 기대는데
정도 많고 한도 많아 공연히 애끊어지네.
저 사람 언제나 돌아올까
그리움 견딘다지만 사실은 견디기 어렵네.
외로운 나무 서 있는 산머리 길
고교 나루터의 매인 배
눈 뜬 채 남북으로 헤어지네.

[절계령]

눈 뜬 채 남북으로 헤어져서
버려져서 한 마리 봉새와 외로운 난새
모두 두세 마리 제비와 꾀꼬리가 될 뿐일세.
좋은 사람들은
저이 따라 가버리니
상사병으로 시름시름.
늘 생각나는 건, 말에 오르려다 눈물 떨구던 당신과
두 눈썹 찡그린 채 머리 헝클어지고 꽃 얼굴 수척했던 내 모습.
소금처럼 짜고
식초처럼 시다네.
당신도 바보 같이 굴지 말라
나도 바보 같이 굴지 않을 테니.

『전명산곡』(『양부인사곡』)

【해설】이 작품은 [수선자(水仙子)]에 [절계령(折桂令)]을 함께 쓴 북곡 대과곡이다. 『채필정사(彩筆情辭)』에는 「이별을 탄식하다(歎別)」라는 제목이 있고, 양신의 작품으로 되어있다. 이 작품은 1524년 양신이 운남으로 유배 가던 도중 소주(蘇州)에서 쓴 것으로 추정된다. 양신과 황아는 함께 북경(北京)을 떠나 배를 타고 남경(南京)에 도착하였는데, 남경의 지인들이 그들을 위해 송별연을 열어주었다. 이들은 다시 심양강(潯陽江, 江西省), 황주(黃州, 湖北省), 동정호(洞庭湖, 湖南省)를 거쳐 강릉(江陵, 湖北省)에 이르렀고, 그 후 양신은 육로를 따라 운남으로 가고, 황아는 뱃길로 사천으로 가게 된다. 이 작품에서 언급되는 소주 고교(皐橋)는 장강을 타고 거슬러가던 도중에 거쳤던 곳이다. 이별의 여정을 함께 하면서 느끼는 이별의 아픔, 이를 극복하고자 하는 마음 등 당시 작자의 불안한 심경을 그대로 보여주고 있다.

仕女圖

【南呂·罵玉郎帶過感皇恩採茶歌)】

[罵玉郎]

一箇摘薔薇刺挽金釵落, 一箇拾翠羽,170) 一箇撚鮫綃.171) 一箇畫屛側畔身斜靠. 一箇竹影遮, 一箇柳色潛, 一箇槐陰罩.

[感皇恩]

一箇綠寫芭蕉, 一箇紅摘櫻桃. 一箇背湖山, 一箇臨盆沼,172) 一箇步亭皐.173) 一箇管吹鳳簫, 一箇絃撫鸞膠.174) 一箇倚闌憑, 一箇登樓眺, 一箇隔簾瞧.

[採茶歌]

一箇愁眉霧鎖, 一箇醉臉霞嬌. 一箇映水勻紅粉, 一箇偎花整翠翹. 一箇弄靑梅攀折短牆梢, 一箇蹴起秋千出林杪, 一箇折回羅袖把扇兒搖.

『全明散曲』(『楊夫人詞曲』)

---

170) 拾翠羽(습취우): 비취 새의 깃털을 줍다.
171) 鮫綃(교초): 전설상 교인(鮫人)이 짰다는 얇은 비단.
172) 盆沼(분소): 연못.
173) 亭皐(정고): 정자(亭子).
174) 鸞膠(난교): 아교. 끊어진 현을 잇는 접착제로 여기서는 현악기를 가리킨다.

사녀도

【남려 · 매옥랑대과감황은채다가】

[매옥랑]

장미 따다가 가시에 금비녀 걸려 떨어진 한 여인
비취 새 깃털을 줍는 한 여인
얇은 비단 만지작거리는 한 여인
채색 병풍 옆에 몸을 비스듬히 기댄 한 여인
대나무 그림자에 가려진 한 여인
버들 빛 속에 숨어있는 한 여인
홰나무 그늘에 가려진 한 여인
푸른 파초를 그리는 한 여인

[감황은]

붉은 앵두를 따는 한 여인
정원의 호산(湖山)을 등지고 있는 한 여인
연못가에 가까이 있는 한 여인
정자에서 걷고 있는 한 여인
퉁소를 부는 한 여인
끊어진 현을 매만지는 한 여인
난간에 기대있는 한 여인
누대에 올라 바라보는 한 여인
주렴 사이로 훔쳐보는 한 여인

[채다가]

근심스런 눈썹에 안개 낀 듯 찡그린 한 여인
취한 얼굴에 노을빛 아름다운 한 여인
물에 비춰보며 붉은 분을 펴 바르는 한 여인
꽃 가까이서 푸른 깃털 장식을 매만지는 한 여인
푸른 매실 따려고 낮은 담장 위의 가지를 잡아당기는 한 여인
그네를 타고 나무 끝까지 치고 올라가는 한 여인
비단 소매 접고서 부채를 흔드는 한 여인.

『전명산곡』(『양부인사곡』)

당 주방(周昉)의 「잠화사녀도(簪花仕女圖)」

【해설】이 작품은 [매옥랑(罵玉郎)]에 [감화은(感皇恩)], [채다가(採茶歌)]를 함께
쓴 북곡 대과곡이다. 「사녀도」를 보고 읊은 작품으로 모두 24명의 미인의 모습
을 생동적으로 그려내었다. 그림 그리고 악기 연주하며 화장하고 그네 타는 등
미인의 다양한 자태를 형상화하였고, 금비녀가 떨어진 찰라, 푸른 매실 따려고
팔을 뻗는 순간 등 24가지의 풍경을 섬세하게 포착하여 묘사하였다. 묘사가 너무
도 생생하여 마치 눈앞에서 이 그림을 보는 것 같다.

【南呂·一枝花)】

好恩情花上花, 都翻成夢中夢, 隔春水渡旁渡, 勝蓬萊
東復東. [175) 江鱗塞鴻, 誰把殷勤送. 雌蝶雄蜂, 空堆愁
悶叢.

[梁州]

蓬鬆了雛鴉髻朶, [176) 魘損了團鳳眉峯. [177) 塵埋了舞鸞
腰帶, 冷落了瑞鴨薰籠. [178) 想當初拈玉纖秋千夜月, 片
時間軟金杯桃李春風, 到如今勻紅淚秋雨梧桐. 冲
冲, [179) 匆匆. 合歡調改做了淒涼弄, [180) 點潘郎翠葆如
蓬. [181) 眞箇是千重別恨調琴倦, 一寸相思攬鏡慵.

[尾]

有一日閑衾剩枕和他共, 解嬌羞錦蒙, 啓溫柔玉封, [182)
說不盡嬝娜風流千萬種.

『全明散曲』(『楊夫人詞曲』)

---

175) 勝(승): 넘다. 지나가다.
176) 髻朶(계타): 머리를 상투처럼 틀어 올린 것을 가리킨다.
177) 團鳳(단봉): 봉황 무늬로 둥글게 만든 도형. 주로 기물이나 옷의 무늬에 사용되었
다.
178) 瑞鴨(서압): 오리 모양 향로의 미칭(美稱).
179) 冲冲(충충): 마음이 불안정한 모습. 근심하는 모습.
180) 弄(농): 한 차례의 악곡 연주.
181) 潘郎(반랑): 진(晋) 반악(潘岳). 미남자의 대명사로 여기서는 사랑하는 남자를 지칭
한다.
　　翠葆(취보): 초목이 푸르고 무성한 것을 형용한다. 여기서는 젊은 시절을 가리킨다.
182) 溫柔(온유): 온유향(溫柔鄉). 여인의 미색으로 남자들을 홀리는 세계.

【남려 · 일지화】

은혜로운 정 많이 받은 꽃 중의 꽃
모두 꿈속의 꿈으로 변해 버린 후
봄 강을 건너려고 나루에서 옆 나루로
봉래산 넘으려고 동쪽에서 다시 동쪽.
강의 물고기와 변방의 기러기 편에
그 누가 은근한 정을 보내줄까.
암나비와 수벌 날아드니
부질없이 수심과 번민더미만 쌓이네.

[양주]

새끼 까마귀 같은 상투는 헝클어지고
둥근 봉황 같은 눈썹은 찡그려졌네.
춤출 때의 난새 허리띠는 먼지 덮였고
귀한 오리 모양 향로는 싸늘해졌네.
생각해보면 그 때 그네 타며 달을 섬섬옥수로 집어보고
한순간 도리 꽃 피우는 봄바람에 금 술잔이 부드러웠는데
지금은 가을비 속의 오동나무에 붉은 눈물만 두루 흘리네.
불안해하고
허둥거리네.
즐거운 사랑노래 처량한 곡조로 바뀌나니
당신을 점검해보면 푸르고 무성하기 쑥대 같은데.
정말로 첩첩의 이별의 한에 금 타기도 싫어지고
한 조각 그리운 심정에 거울보기도 게을러지네.

[미성]

그 언젠가 팽개쳐졌던 이불과 베개를 그와 함께 하면서
수줍은 듯이 비단 가리개 풀고는
섬섬옥수로 봉했던 온유향을 열면
나긋한 여인과 풍류남아의 온갖 정을 말로 다 할 수 없으리.

『전명산곡』(『양부인사곡』)

【해설】 이 작품은 [일지화(一枝花)], [양주(梁州)], [미(尾)]의 3수로 이루어진 북곡 투수이다. 황아가 남편과 행복하였던 시절을 떠올리며, 지금은 버림받고 처량하게 된 신세를 한탄하고, 밖으로 떠돌아다니는 남편을 원망하였다. [일지화]에서 암나비와 수벌 날아들었다는 표현은 사람들의 입방아에 오르내리며 마음고생을 많이 하였던 황아의 심경을 암시한다. 그런데 [미]에서는 사뭇 다른 분위기가 연출된다. 남편과 다시 만나 행복한 하룻밤을 보내는 장면을 묘사하였는데, 황아가 이루고 싶은 간절한 소망을 담아 쓴 것인지, 양신이 잠깐 돌아와서 함께 지낸 것인지 확실하지 않다. 남녀가 화합하는 애틋한 순간을 솔직하고 과감하게 표현하였다.

【商調 · 二郎神】

春到後, 正三五銀蟾乍圓. 深院裏誰家吹玉管, 紫姑香火,183) 聽一叢士女聲喧. 欲擲金錢暗卜歡, 爭奈歸期難算. [合]遠如天, 眞箇是斷腸千里風煙.

[二郎神]

嬋娟, 從別後萍流蓬轉, 多病多愁相思衣帶緩. 記名園花底, 笑挽秋千. 回首雲程隔萬山,184) 燕來時黃昏庭院. [合前]

[玉堂客]

東風芳草競芊綿,185) 何處是王孫故園. 夢斷魂勞人又遠, 對花枝空憶當年. 愁眉不展, 望斷靑樓紅苑. [合]離恨滿, 這情悰怎生消遺.186)

[玉堂客]

海棠經雨, 梨花禁煙, 買春愁滿地楡錢.187) 雪絮成團簾不捲, 日長時楊柳三眠.188) 樓高望遠, 空目斷平蕪如翦.189) [合前]

---

183) 紫姑(자고): 측간 귀신. 『현이록(顯異錄)』에 의하면, 정월대보름날 자고신을 인형으로 만들어 길흉을 묻는 풍속이 있었다고 한다.
184) 雲程(운정): 구름 속 길. 노정이 먼 것을 뜻한다.
185) 芊綿(천면): 초목이 무성하다.
186) 情悰(정종): 회한. 정서.
187) 楡錢(유전): 느릅나무 열매.
188) 三眠(삼면): 버들가지가 바람에 휘어 쓰러지는 것을 가리킨다. 『삼보고사(三輔故事)』에 의하면 "한나라 정원에는 사람 모습 같은 버드나무가 있어 인류(人柳)라고 불렀는데 하루에 세 번 쓰러져 누웠다가 세 번 일어났다(漢苑中有柳狀如人形, 號曰人柳, 一日三眠三起)"고 한다. 이로 인해 버들가지를 삼면류(三眠柳)라고 한다.
189) 平蕪(평무): 초목이 무성하게 자라는 드넓은 벌판.

[黃鶯兒]

晴日破朝寒, 看春光到牡丹, 閑將往事尋思徧. 玉砌雕
闌, 翠袖花鈿, 一場春夢從頭換. [合]惡姻緣, 雲收雨
散, 不見錦書傳.

[黃鶯兒]

鶯語巧如絃, 趁和風度枕函,190) 聲聲似把愁人喚. 衷腸
幾般, 夢魂那邊, 一春憔悴誰相伴. [合前]

[琥珀猫兒墜]

紅稀綠暗, 最是惱人天. 恰正是一片春心怯杜鵑, 又那
堪千重別恨調琴懶. [合]慘然, 對天涯萬里, 落日山川.

[琥珀猫兒墜]

水流花謝, 春事竟茫然. 都只因春帶愁來到客邊, 怎奈
春歸愁不與同還. [合前]

[尾]

九十春光虛過眼,191) 人憔悴慵將鏡看, 且倒金尊花前
學少年.192)

『全明散曲』(『楊夫人詞曲』)

190) 枕函(침함): 안에 물건을 넣어둘 수 있도록 만든 베개.
191) 九十春光(구십춘광): 석 달 동안의 화창한 봄.
192) 少年(소년): 악부(樂府)의 곡명인 「소년행(少年行)」. 남조(南朝) 송(宋) 포조(鮑照)와
   북주(北周) 유신(庾信) 등이 「소년행」을 지었는데 주로 의협심이 많고 풍류를 즐기
   는 젊은이들의 인생을 묘사하였다.

182 ‖ 황아시사곡

【상조·이랑신】

봄이 온 뒤
정월대보름 보름달이 갑자기 둥글어졌네.
깊은 정원에서 누군가 옥피리를 불고
자고신에게 향불 올리는데
한 무리 남녀의 떠들썩한 소리가 들려오네.
돈 던져 남몰래 기쁜 점괘 나오길 바랐으나
돌아갈 기약 점치기 어려우니 어찌 할까.
[합창] 하늘처럼 머나먼 그곳
천리 먼 안개 속에 정말로 애끊어지네.

[이랑신]

아름다운 여인
이별 후에 부평초처럼 떠다니고 쑥대처럼 굴러다니면서
병도 많고 근심도 많아 상사의 정에 허리띠 헐거워졌네.
이름난 정원의 꽃 속에서
웃으면서 그네 밀어주던 일 기억나네.
고개 돌리니 구름 낀 길이 수많은 산에 막혔는데
황혼 지는 정원에 제비 돌아오는 때라네.
[앞 내용을 합창]

[옥당객]

봄바람에 봄풀 다투어 돋아나니
그 어디가 왕손의 옛 정원인가.
꿈도 깨고 혼도 지치는데 사람은 또 멀리 있으니
꽃가지 대하며 부질없이 그때를 생각한다.

근심스러운 눈썹 펴지 못한 채
푸른 누대 붉은 정원을 하염없이 바라본다.
[합창] 이별의 한 가득한데
이 심정을 어찌 달래랴.

[옥당객]

해당화는 비를 맞고
배꽃은 안개에 묻혔는데
봄 근심 사려는지 온 땅에 느릅나무 열매라네.
눈 같은 버들 솜이 엉겨 붙어 주렴 걷지 못하는데
해가 한창일 때 버드나무 세 번 쓰러져 잠자네.
누대 높이 올라 멀리 바라보며
자른 듯이 평평한 들판을 부질없이 바라보네.
[앞 내용을 합창]

[황앵아]

날 개며 아침 한기 걷히자
모란에 쏟아지는 봄빛을 바라보며
한가하게 옛 일을 이리저리 생각하네.
옥섬돌과 조각 난간
푸른 소매와 꽃 비녀
한바탕 봄꿈을 꾼 것처럼 처음으로 돌아왔네.
[합창] 나쁜 인연이라
구름도 걷히고 비도 흩어진 채
비단 편지조차 전하지 않네.

[황앵아]

현을 타듯 아름다운 꾀꼬리 소리
봄바람 타고 베개상자로 건너오니
소리 소리마다 근심하는 이를 부르는 듯.
애간장은 몇 번이나 끊기는데
꿈속의 혼은 어디에 있나
이 봄 내내 초췌해져 그 누가 짝해줄까.
[앞 내용을 합창]

[호박묘아추]

꽃 지고 녹음 우거지니
제일로 사람을 괴롭히는 시절이라.
때마침 한 조각 춘심은 두견새 소리를 겁내는데
첩첩 쌓인 이별의 한에 금 타기 귀찮은 것을 또 어쩌랴.
[합창] 참담하구나
만 리 먼 하늘가와
해지는 산천을 대하자니.

[호박묘아추]

강물 흐르고 꽃 지면서
봄 풍경도 결국 망연해졌구나.
모두 봄이 객지까지 근심을 데려온 탓이지만
봄은 가도 근심은 데려가지 않는 것을 어찌하랴.
[앞 내용을 합창]

[미성]

봄 석 달이 눈앞에서 허무하게 지나가니
사람은 초췌해져 거울보기도 귀찮지만
꽃 앞에서 금 술잔 기울이며 「소년행」을 배우리라.

『전명산곡』(『양부인사곡』)

【해설】 이 작품은 [이랑신(二郎神)] 2수, [옥당객(玉堂客)] 2수, [황앵아(黃鶯兒)]
2수, [호박묘아추(琥珀猫兒墜)] 2수, [미(尾)] 등 9수로 이루어진 남곡 투수이다.
『군음류선(群音類選)』에는 「감회가 있어(有懷)」, 『남궁사기(南宮詞紀)』에는 「객
지에서 봄에 고향을 그리워하다(客中春思)」라는 제목이 있다. 『오소집(吳騷集)』,
『악부선춘(樂府先春)』, 『산산집(珊珊集)』에도 이 작품이 수록되어있는데, 모두
양신이 지었다고 되어있다.

　정월대보름이 있는 초봄부터 꽃이 지는 늦봄까지 내내 고향으로 돌아가고 싶
은 마음이 간절하였음을 노래하였다. 고향생각에 점을 치기도 하고, 그네를 밀어
주던 일을 추억하기도 하며, 누대에 올라 고향 쪽을 바라보기도 한다. 때로 봄풀
과 모란꽃을 보며 옛 생각에 잠겨보기도 하지만 근심은 아무래도 없어지지 않는
다. 고향생각에 "모두 봄이 객지까지 근심을 데려온 탓(都只因春帶愁來到客邊)"이
라고 원망도 해보지만, 이보다는 차라리 「소년행(少年行)」을 배우겠노라고 호언
장담하면서 작품을 마무리하였다. 고향생각에 빠져 슬퍼하기보다는 차라리 이를
호기 있게 즐기겠다는 작자의 호방한 기세가 보인다.

【越調·鬪鵪鶉】

分手東橋,193) 送君南浦. 目斷行雲, 淚添細雨. 戴恨孤
舟, 戛愁去櫓.194) 廝看覷, 兩無語. 當時也割不斷那樣
恩情, 今日箇打疊起這般凄楚.

[紫花兒序]

病懨懨雲衣雨帶, 冷淸淸月戶風亭, 孤另另晨鐘暮鼓.
信斷音疎, 枕剩衾餘. 踟躕, 想起他嫋嫋婷婷玉不如.
動人情處, 春風蘭蕙, 秋水芙蕖.

[調笑令]

短歎又長吁, 一寸柔腸千萬縷. 眼睜睜怎忍分飛去, 鳳
鸞交鴛鴦伴侶. 爭奈惹鴉喧鵲妒, 枉躭了落雁沉魚.195)

[麻郎兒]

東君要與花爲主, 可憐見憔悴了粉揑身軀. 月纔圓便有
雲和霧, 端的是嫦娥命苦.

[聖藥王]

高橋渡,196) 團山路.197) 萬轉千回, 無計留他住. 錦瑟年

---

193) 東橋(동교): 파교(灞橋). 장안(長安)의 동쪽에 있었기 때문에 이렇게 칭한다. 이별의
     장소를 말한다.
194) 戛愁(알수): 근심하다.
195) 落雁沉魚(낙안침어): 기러기 떨어지고 물고기가 숨다. 서신을 전할 수 없는 상황을
     가리킨다.

華誰與度, 鐵做心腸淚似珠, 不見他一紙來書.

[尾聲]

不明白千世姻緣簿,198) 教今生千般間阻. 實指望眼皮
上供養出並頭蓮,199) 有分教心窩兒裏再長連枝樹.200)

『全明散曲』(『楊夫人詞曲』)

---

196) 高橋(고교): 호북성(湖北省)에 있는 지명. 여기서는 이별의 장소를 가리킨다.
197) 團山(단산): 호북성(湖北省)에 있는 지명. 여기서는 이별의 장소를 가리킨다.
198) 千世姻緣簿(천세인연부): 남녀의 연분(緣分)을 기록해 놓은 명부.
199) 並頭蓮(병두련): 한 줄기에 두 송이 꽃이 핀 연꽃. 부부나 남녀의 사이가 화목한
    것을 비유한다.
200) 連枝樹(연지수): 두 가지가 서로 붙어있는 나무. 부부나 남녀의 사이가 화목한 것
    을 비유한다.

【월조 · 투암순】

동교에서 이별하고
남포에서 그대 보내네.
떠가는 구름 하염없이 바라보니
눈물에 가랑비가 더해지네.
한을 실은 외로운 배
근심스럽게 노 저어 가네.
서로 바라볼 뿐
둘 다 말이 없네.
그때는 그러한 애정을 갈라놓지 못했지만
지금은 이러한 처량함만 쌓이고 있네.

[자화아서]

시름시름 구름옷에 비 허리띠하고서
쓸쓸히 달빛 어린 문과 바람 부는 정자에서
외로이 새벽 종소리 저녁 북소리 듣고 있네.
편지도 끊기고 소식도 드물며
베개와 이불만 남아 있네.
배회하다
옥보다 멋지던 그의 아름다운 모습 생각나네.
그이에게 반했던 그 곳은
봄바람 속에 난초와 혜초 피었었고
가을 물속에 연꽃 떠있었지.

[조소령]

짧은 탄식 후에 또 긴 탄식
한 마디 여린 창자가 천 가닥 실타래 되었네.

눈 뜬 채로 어찌 차마 따로 날아가랴
봉새와 난새 사귀고 원앙 서로 짝한다던데.
어찌하랴, 까마귀 울고 까치 질투하게 하여
헛되이 기러기 떨어지고 물고기 숨어버린 것을.

[마랑아]

봄 신령이 꽃과 함께 주인 되려는 때
가엾게도 단장한 몸 초췌해지고 말았네.
달이 둥글어지자마자 바로 구름과 안개 끼니
정말로 항아의 운명은 고달프구나.

[성약왕]

고교의 나루
단산의 길.
만 굽이 천 굽이라
당신을 만류할 길이 없었다네.
금슬 타던 아름다운 그 시절 누구와 보냈던가
철로 만든 심장과 구슬 같은 눈물은
그의 편지 한 장 받지 못해서라네.

[미성]

천세인연부에 밝지 못하여
지금 생에 수없이 방해받게 되었네.
진실로 눈꺼풀 위에서 병두련을 받들고
연분이 있어 마음속에 연리지를 다시 키우길 바라네.

『전명산곡』(『양부인사곡』)

【해설】 이 작품은 [투암순(鬪鵪鶉)], [자화아서(紫花兒序)], [조소령(調笑令)], [마랑아(麻郎兒)], [성약왕(聖藥王)], [미성(尾聲)]의 6수로 이루어진 북곡 투수이다. 『북궁사기(北宮詞紀)』에는 「이별을 아쉬워하다(惜別)」, 『채필정사(彩筆情辭)』에는 「이별을 추억하다(憶別)」, 『만금청음(萬錦淸音)』에는 「송별(送別)」이라는 제목이 있고, 모두 양신의 작품으로 되어있다. 하지만 독수공방하는 외로운 자신을 달 속 항아로 비유한 것을 볼 때, 황아가 쓴 작품으로 추정된다. 평생을 눈물로 보내며 애타게 소식 기다리고 원망하였지만, 황아는 그래도 끝까지 양신에 대한 마음을 포기하지 않았다. [미성]에서 남편과 다시 잘 지내기를 간절하게 바라는 황아의 심경을 읽을 수 있다.

【仙呂·點絳唇】

驕馬吟鞭, 舞裙歌扇, 長相伴. 月下星前, 多少陽關怨.[201]

[混江龍]

只爲歌喉宛轉, 覷著陷人坑似誤入武陵源. 但和他恩情一遍, 不弱如流遞三千.[202] 不義門怎生連理樹,[203] 火坑中難長並頭蓮.[204] 眉尖傳恨, 眼角留情, 枕邊盟誓, 袖裏香羅, 尊前心事, 席上情悰, 傳書寄簡, 翦髮拈香. 都是鼻凹兒砂糖,[205] 待嚥也如何嚥! 郞君們買了些虛脾風月,[206] 賣了些實落莊田[207].

[油葫蘆]

有這等月夜春風美少年, 憑他們惡胡纏,[208] 每日價長安市上酒家眠. 有一日業風吹入悲田院,[209] 那時節行雲不赴凌波殿.[210] 麗春園十徧粧,[211] 曲江池三墜鞭,[212]

---

201) 陽關(양관): 금곡(琴曲)「양관삼첩(陽關三疊)」. 이별 노래의 대명사이다.
202) 流遞(유체): 불교용어로 인간 생사(生死)의 윤회를 가리킨다.
   不弱如(불약여): ~보다 못하지 않다. ~보다 낫다.
203) 連理樹(연리수): 두 가지가 서로 붙어있는 나무. 부부나 남녀의 사이가 화목한 것을 비유한다.
204) 並頭蓮(병두련): 한 줄기에 두 송이 꽃이 핀 연꽃. 부부나 남녀의 사이가 화목한 것을 비유한다.
205) 鼻凹兒砂糖(비요아사당): 콧방울 옆에 붙어있는 사탕. 바라볼 수만 있지 가질 수 없는 물건을 비유한다. 비요아(鼻凹兒)는 콧방울 옆의 움푹 파인 곳을 가리킨다.
206) 虛脾(허비): 겉치레뿐인 호의.
207) 實落(실락): 충실하다. 튼튼하다.
208) 胡纏(호전): 도박이나 점을 칠 때 사용하던 네모난 판으로 옥이나 뼈로 만들었다.
209) 業風(업풍): 악업(惡業) 때문에 불어 닥치는 광풍.
   悲田院(비전원): 당(唐) 개원(開元) 연간 설치하였던 병방(病坊)으로 거지들을 구제하던 곳이다. 나중에 빈민 수용소를 가리키는 말이 되었고 비전원(卑田院)이라고도 하였다.

恰相逢初識桃花面, 都是些刀劍上惡姻緣.

[天下樂]

你早賣了城南金谷園,[213) 虔也麽虔, 怎過遣, 每日價宴
西樓醉歸明月天, 一壁廂[214)間著綺羅, 一壁廂列著絃
管. 有一日飢寒守自然.[215)

[那吒令]

那一等村的, 肚皮裏無一聯半聯. 那一等村的, 酒席上
不言强言, 那一等村的, 俺跟前無錢說有錢. 是這村膽
兒查, 動不動村筋兒現,[216) 有甚的品竹調絃.

[鵲踏枝]

覷著一箇俏生員,[217) 伴著一箇女嬋娟. 吟幾首詠月情
詩, 寫幾幅錦字花牋. 團弄的香嬌玉軟,[218) 溫存出疼惜
輕憐.[219)

---

210) 凌波殿(능파전): 북위(北魏) 태화(太和) 연간 조원부인(朝元夫人)의 거처. 조원부인
    은 황제의 총애를 받았던 여인으로 여기서는 미소년이 좋아하던 기녀를 가리킨다.
211) 麗春園(여춘원): 명기(名妓) 소경(蘇卿)의 거처로 여춘원(麗春院)이라고도 한다. 기
    루(妓樓)를 가리킨다.
212) 曲江池(곡강지): 섬서성(陝西省) 서안(西安)의 동남쪽에 있는 유원지. 당(唐) 현종(玄
    宗)과 양귀비(楊貴妃)가 노닐던 곳으로 유명하다.
213) 金谷園(금곡원): 진(晉) 석숭(石崇)의 별장.
214) 壁廂(벽상): 쪽. 곁.
215) 自然(자연): 당연하다.
216) 動不動(동부동): 툭하면. 걸핏하면. 어떤 일이 쉽게 발생하는 것을 가리킨다.
217) 生員(생원): 여기서는 수재 장균경(張均卿)을 가리킨다.
218) 團弄(단농): 감상하며 즐기다. 상완(賞玩)의 의미이다.
    香嬌玉軟(향교옥연): 원래는 미인의 부드러운 피부를 형용한 말이나 미녀를 가리키
    기도 한다. 향교옥눈(香嬌玉嫩)이라고도 한다.
219) 溫存(온존): 어루만지다.
    輕憐(경연): 사랑하고 어여삐 여기다.

[寄生草]

你問我兩椿事, 聽取俺一句言. 俏的敎柳腰舞得東風
軟, 俏的敎蛾眉畫出靑山淺, 俏的敎鶯聲歌送行雲遠.
俏的敎半鍬土築就楚陽臺, 村的啊一把火燒了祆王
殿.220)

[村裏迓鼓]

二人評論, 百年姻眷. 這虔婆又特地來也麼天,221) 天!
好不與人行方便.222) 特敎俺蝶避了蜂, 鸞丢了鳳, 鶯離
了燕. 鏡破了銅, 簪折了玉, 甁墜了泉. 娘啊! 直恁的
緣薄分淺.223)

[元和令]

洞房春口中言,224) 陽關路眼前見.225) 賽潘安容貌可人
憐,226) 腹中愁欺謫仙. 一春常費買花錢,227) 赤緊的不
分愚共賢.228)

---

220) 祆王殿(요왕전): 배화교(拜火敎)의 사당.
221) 虔婆(건파): 기생 어미.
222) 行方便(행방편): 은혜를 베풀다.
223) 直恁(직임): 결국 이와 같이 되다.
    緣薄分淺(연박분천): 좋은 연분을 만날 복도 없고 팔자가 사납다.
224) 洞房(동방): 신방. 여기서는 정월련과 장균경이 사랑을 나누던 장소를 가리킨다.
225) 陽關(양관): 금곡(琴曲) 「양관삼첩(陽關三疊)」. 이별 노래의 대명사이다.
226) 賽(새): ~같다. ~보다 낫다.
    潘安(반안): 서진(西晉)의 문인 반악(潘岳). 자(字)가 안인(安仁)이다. 미남자의 대명
    사로 쓰인다.
227) 買花錢(매화전): 오입질하는 데 쓰는 돈.
228) 赤緊的(적긴적): 확실히. 정말로.

[上馬嬌]

敎那廝空拽拳,229) 乾遇仙,230) 休想花壓帽簷邊.231) 推
得箇沉點點磨盤兒滴溜溜轉,232)　　暢好是眼暈又頭
旋.233)

[遊四門]

待敎我片帆雲影掛秋天,　兩岸聽啼猿.　吳江楓落脂
淺,234) 看漁火對愁眠.235) 你與緊張筵.

[勝葫蘆]

便有天子呼來不上船, 把我熬煎. 待敎我冷氣虛心, 將
他顧戀. 覷一覷要飯吃, 摟一摟要衣穿. 老虔婆要趂下
口含錢.236)

[么篇]

月缺又重圓, 人老何曾再少年. 舌尖無甛唾,237) 口兒裏

---

229) 拽拳(예권): 손을 크게 움직이다. 손을 크게 내밀다.
230) 乾(건): 부질없이. 쓸데없이.
231) 花壓帽簷(화압모첨): 꽃이 모자챙에 눌리다. 남녀 간의 야합을 가리킨다. 송(宋) 형
　　거실(邢居實)의 『부장록(拊掌錄)』에 의하면, 구양수(歐陽修)가 주령으로 "술이 소매
　　에 진하게 달라붙고 꽃이 온통 모자챙에 눌리네(酒粘衫袖重, 花壓帽簷偏)"라고 읊
　　었다고 한다.
232) 滴溜溜(적류류): 빙글빙글 돌리는 모양.
233) 暢好(창호): 정말로. 참으로.
234) 楓落脂淺(풍락지천): 단풍잎 지고 진액 엷어지다. 지(脂)는 단풍나무에서 나는 진액
　　을 가리킨다.
235) 看漁火對愁眠(간어화대수면): 고깃배의 등불 대하며 근심스레 잠들다. 당(唐) 장계
　　(張繼)의 「풍교야박(楓橋夜泊)」의 한 구절이다.
236) 老虔婆(노건파): 기생어미.
　　口含錢(구함전): 옛날 죽은 사람을 장례지낼 때 입에 물려주었던 노잣돈.

有頑涎,238) 甚底是前生世曾會靈山.239)

[後庭花]

你愛的是販江淮茶數船, 我愛的是詠風流詩百篇. 你愛的是茶引三千道,240) 我愛的是錦箋數百聯. 便休言赤緊的不願, 請點湯晏叔原,241) 告迴避白樂天.

[尾聲]

贏得腹中愁, 不稱心頭願, 大都來時乖命蹇. 山海似恩情方纔展, 被他愛錢娘撲地掀天壞了好姻緣.242) 我只願禱告靑天, 若到江心緊溜旋, 向金山寺那邊,243) 豫章城前面,244) 好敎一陣風觜碎了販茶船.

『全明散曲』(『楊夫人詞曲』)

---

237) 甜唾(첨타): 달콤한 침. 여기서는 아름다운 말이나 시문을 가리킨다.
238) 頑涎(완연): 식욕으로 흘리는 침.
239) 靈山(영산): 불교의 성지인 영취산(靈鷲山). 여기서는 불교의 윤회사상을 가리킨다.
240) 茶引(다인): 차 상인에게 주었던 매매 허가증.
241) 點湯(점탕): 손님이 오거나 갈 때 차를 대접하다. 손님을 내쫓는다는 의미도 있다.
　　晏叔原(안숙원): 송(宋) 안기도(晏幾道). 여기서는 수재 장균경(張均卿)을 가리킨다.
242) 撲地掀天(박지흔천): 땅으로 뛰어들고 하늘로 솟구쳐 오르다. 매우 소란스러움을 형용한 말이다.
243) 金山寺(금산사): 강소성(江蘇省) 진강시(鎭江市) 서북쪽에 있다.
244) 豫章(예장): 강서성(江西省) 북부 남창시(南昌市)에 속한 현.

【선려 · 점강순】

거만하게 말 타고 채찍 울리던 사내와
치마 입고 춤추며 노래 부채 흔들던 여인이
오래도록 서로 짝하시라.
달빛 아래 별빛 앞에
「양관」의 원망이 그 얼마나 많다던가.

[혼강룡]

구성진 노래 때문에
무릉도원에 잘못 들어간 듯 사람이 함정에 빠지는 모습 지켜본다.
그이와 한 번 사랑해 봐도
삼천 번 윤회하는 것보다 낫겠지.
의롭지 못한 문에서 어찌 연리수가 날 것이며
불구덩이 속에서 병두련은 자라기 어려운 법.
눈썹 끝에 전하는 한
눈초리에 남은 정
베개 맡의 맹세
소매 속의 비단 손수건
술잔 앞에서의 심정
좌석에서의 은정
글 전하고 편지 부칠 때
머리카락 잘라 넣고 향 피운다.
모두 콧방울 옆의 사탕인 셈이라
삼키려한들 어찌 삼켜지겠는가!
남정네들 허울 좋은 풍월놀음 사느라
좋은 장원의 논밭마저 파는구나.

[유호로]

달밤 봄바람 속의 이 미소년
저들의 못된 도박판에 빠져서
매일 장안 시장의 술집에 돈을 내고 잠을 잤다네.
어느 날 악행의 결과 비전원의 병자가 되었으니
그때는 지나는 구름이 능파전에 오지 못하였네.
여춘원에서 열 번이나 화장하고
곡강지에서 세 번이나 채찍 떨어뜨린 후에
만나서는 복사꽃 같은 내 얼굴 처음 알아봤지만
모두 칼날 위의 나쁜 인연이었네.

[천하락]

당신이 성 남쪽의 금곡원을 일찌감치 팔아버리니
공경은 무슨 공경
어찌 살아가랴
매일 서루에서 돈 내고 연회하여 밝은 달이 떠서야 취해 돌아오니
한편에는 비단옷의 기녀들 섞여있고
또 한편에는 악공들이 늘어서 있구나.
언젠가는 춥고 주린 가운데 일하는 것이 당연하리라.

[나타령]

이 촌놈 같은 장사치야
뱃가죽 안에 시 한 구절 없구나.
이 촌놈 같은 장사치야
술자리에서 말은 안하면서 억지만 쓰고
이 촌놈 같은 장사치야

내 앞에서 돈도 없으면서 돈 있다고 말하는구나.
이처럼 촌스런 담력이나 재보고
툭하면 상스런 근육이나 드러내니
무슨 피리 불고 현을 탄다더냐.

[작답지]

멋진 생원님을 보자니
아리따운 여인과 짝하고 있네.
달과 정을 노래한 시 몇 수 읊조리면
금자서와 꽃 편지지 몇 장을 써 보내지요.
아름답고 부드러운 제 모습 보시고는
따뜻하게 아끼고 사랑해주시네요.

[기생초]

당신 나에게 두 가지 일을 물으니
내 말 한 마디 들어보오.
멋진 그이 부드러운 봄바람처럼 버들 허리 춤추게 하시고
멋진 그이 옅은 푸른 산처럼 눈썹을 그리게 하시고
멋진 그이 꾀꼬리 같은 목소리로 멀리 떠가는 구름 전송하시지요.
멋진 그이 반쯤 가래질한 흙집도 초 양왕의 누대로 만들지만
촌놈 같은 장사치는 한 줌의 불씨로도 요왕전을 다 태우지요.

[촌리아고]

두 사람이 가타부타 하는 것은
백년대계 혼사라지요.
이 기생어미가 또 갑자기 왔으니

하늘이여!
사람에게 은혜를 베풀려하지 않는군요.
일부러 나더러 나비가 벌 피하고
난새가 봉새 버리고
꾀꼬리가 제비와 헤어지게 하네요.
구리거울을 부수고
옥비녀를 부러뜨리고
샘물 든 병을 떨어뜨리게 하네요.
어머니!
저는 어찌 이리 좋은 연분 만날 복도 없고 팔자도 사나운가요.

[원화령]

신방에서의 춘정은 입 안의 말이 되고
양관의 이별 길은 눈앞에 보이네요.
반안 같은 용모야 남들의 사랑 받을 만하지만
마음 속 근심은 쫓겨난 신선 이백보다 심하지요.
봄 내내 항상 오입질하는 데 돈을 허비하니
정말로 어리석은지 현명한지 구분할 수 없네요.

[상마교]

저 장사치에게 쓸데없이 손쓰게 하여
부질없이 선녀 같은 나를 만나게 했지만
꽃이 모자챙에 눌리는 그런 일은 생각 마세요.
묵직한 맷돌 밀어서 빙글빙글 돌리니
정말로 눈도 어지럽고 머리도 도네요.

[유사문]

내 조각배를 구름 그림자처럼 가을하늘에 걸어두니
양쪽 언덕에서 원숭이 울음소리 들리네.
단풍잎 지며 진액이 엷어지는 오강에서
고깃배의 등불 대하며 근심스레 잠든 모습 보고는
기생어미 나더러 급히 연회 열라 하네.

[승호로]

천자가 부른대도 배에 오르지 않는 사람인데
나를 애태우게 하네.
나의 냉정하고 허탄한 마음으로
저 기생어미를 보살피라 하네.
보기만 하면 먹을 밥 달라 하고
잡아당기면서 입을 옷 달라 하네.
늙은 기생어미 저승 갈 노잣돈까지 모아두네.

[요편]

달은 이지러지면 또 둥글게 되지만
사람은 늙으면 언제 다시 젊어진다던가.
혀끝에는 달콤한 말 한 마디 없으면서
입안에는 식욕 왕성한 침만 있구나.
어찌하여 전생에 영산에서 만났던 걸까.

[후정화]

어머니 좋아하는 것은 강회의 차를 파는 배 몇 척

내가 좋아하는 것은 풍류를 읊은 시 백 편.
어머니 좋아하는 것은 차 매매 허가증 삼천 개
내가 좋아하는 것은 비단 편지지의 연구 수백 개.
정말로 원치 않는 일을 말하지 마세요.
안기도 같은 이를 차 대접하여 돌려보내라 청하고
백거이 같은 이를 피하여 보지 말라고 하는 일을.

[미성]

가슴 속 근심을 얻게 되고
마음 속 소원과 어긋나서
거의 기회는 어긋나고 운명은 궁해졌네.
산과 바다 같은 은근한 정 이제야 펼치려는데
저 돈 좋아하는 기생어미 사납게 소란 떨어 좋은 인연 망쳐버렸네.
나는 그저 푸른 하늘에 기도하며 고하고 싶나니
만약 강 한가운데 물살 빠른 소용돌이에 이를 때
금산사 그쪽이나
예장의 성 앞에서
한 바탕 세찬 바람에 차 실은 배가 산산조각 나기를.

『전명산곡』(『양부인사곡』)

【해설】 이 작품은 [점강순(點絳脣)], [혼강룡(混江龍)], [유호로(油葫蘆)], [천하락(天下樂)], [나타령(那吒令)], [작답지(鵲踏枝)], [기생초(寄生草)], [촌리아고(村裏迓鼓)], [원화령(元和令)], [상마교(上馬嬌)], [유사문(遊四門)], [승호로(勝葫蘆)], [요편(幺篇)], [후정화(後庭花)], [미성(尾聲)]의 15수로 이루어진 북곡 투수이다.
　　원(元) 무명씨의 잡극(雜劇) 『정월련추야운창몽(鄭月蓮秋夜雲窗夢)』의 제1절 중 곡(曲) 부분을 발췌하여 재창작한 작품이다. 『정월련추야운창몽』은 변량(汴

梁)의 기녀 정월련(鄭月蓮)과 수재 장균경(張均卿)의 사랑 이야기로 두 사람이 모든 난관과 역경을 극복하여, 장균경은 결국 과거에 급제하고 정월련과 결혼하게 된다는 전형적인 재자가인(才子佳人) 작품이다. 제1절은 차 장수 이관(李官)과 장균경이 동시에 정월련에게 청혼하였으나 기생어미가 가난한 수재보다 돈 많은 차 장수에게 정월련을 시집보내려고 하는 내용이다. 하지만 정월련은 무식한 이관은 거들떠보지도 않고, 수재 장균경을 향한 일편단심을 보인다. 네 사람 사이에서 일어나는 갈등이 생생하게 잘 표현되었다.

維揚風月

【仙侶·點絳唇】

錦纜龍舟,²⁴⁵⁾ 可憐空有, 隋隄柳. 千古閑愁, 春老瓊花
瘦.²⁴⁶⁾

[混江龍]

江山如舊, 竹西歌吹古揚州.²⁴⁷⁾ 二分明月,²⁴⁸⁾ 十里紅
樓. 人倚雕闌品玉簫,²⁴⁹⁾ 手捲珠簾上玉鉤. 維揚風月
景, 天下最爲頭. 罷幹戈無士馬太平時世, 省刑罰薄稅
斂民庶優遊.²⁵⁰⁾ 列一百二十行經商買賣, 透八萬四千
門人物風流. 平山堂竹西閣蟠花膩葉,²⁵¹⁾ 九曲池小金
山白鷺沙鷗.²⁵²⁾ 銀行街米市街如龍馬驟, 禪智寺山光
寺似蟻人稠. 茶房內泛松風香酥鳳髓,²⁵³⁾ 酒樓裏歌白
雪檀板鶯喉. 接前庭通後院魚鱗砌瓦, 遠竹閣近綺戶龜
背毬樓.²⁵⁴⁾ 金盤露瓊花露釀成佳醞,²⁵⁵⁾ 錦纏羊柳羔羊

---

245) 錦纜龍舟(금람용주): 비단 밧줄로 매어놓은 멋진 배. 당(唐) 두목(杜牧)의 시 「변하
회고(汴河懷古)」에 "비단밧줄의 용선(龍船)을 탄 수 양제(錦纜龍舟隋煬帝)"라는 구
절이 있다.
246) 瓊花(경화): 「옥수후정화(玉樹後庭花)」 곡조를 가리킨다.
247) 竹西歌吹古揚州(죽서가취고양주): 죽서정(竹西亭)에서 옛 양주를 노래하다. 죽서(竹
西)는 강소성(江蘇省) 양주의 정자 이름이다. 두목(杜牧)의 시 「제양주선지사(題揚
州禪智寺)」에 "석양은 죽서정의 길에 지는데 노래하는 것은 양주일세(斜陽竹西路,
歌吹是揚州)"라는 구절이 있다.
248) 二分(이분): 10분의 2. 조금. 약간.
249) 品(품): 악기를 연주하다.
250) 優遊(우유): 하는 일 없이 편안하고 한가롭게 지내다.
251) 平山堂(평산당): 양주(揚州) 서남쪽에 있는 사당 이름.
252) 小金山(소금산): 양주(揚州) 수서호(瘦西湖)에 있는 작은 섬 이름.
253) 鳳髓(봉수): 차 이름. 단봉차(團鳳茶).
254) 毬樓(구루): 꽃 문양을 조각한 창문.

炰饌珍羞. 256)　看官場愛鞾袖垂肩蹴踘，　休敎坊慣淸歌
妙舞排優.　著輕紗穿異錦齊臻臻按春秋, 257)　奏繁弦吹
急管鬧炒炒無昏晝.　將數萬兩黃金買笑，費幾千段紅錦
纏頭. 258)

[油葫蘆]

爲甚的月底籠燈花下遊，將飮興酬，我向綺羅隊裏封作
醉鄕侯.　斟著錦橙漿, 259)　渲淨談天口，折取碧桃花, 260)
搭住拿雲手. 261)　打疊起國子監的酸，　拽紮起翰林院的
縐，趁著錦封未拆香先透, 262)　渴時節飮盡洞庭秋.

[天下樂]

尙兀自一盞能消萬斛愁, 263)　三杯扶起頭，　我只待紅裙
會中奪第一籌.　飮酒啊灌得咳嗽，看花啊沁成症候，也
强似假惺惺眞出醜. 264)

[那吒令]

255) 金盤露(금반로): 승로반(承露盤)의 이슬. 여기서는 맛좋은 술을 가리킨다.
　　瓊花露(경화로): 신령스런 꽃에 맺힌 이슬. 여기서는 맛좋은 술을 가리킨다.
256) 錦纏羊(금전양): 요리로 쓰인 양의 이름. 원(元) 교길(喬吉)의 『양주몽(揚州夢)』에는
　　'대관양(大官羊)'이라 되어 있는데, 송대 관리가 어느 정도의 직위에 오르면 주었던
　　돈으로 양고기를 사는 데 쓰였다고 한다.
　　柳蒸羊(유고양): 요리로 쓰인 양의 이름. 원 교길의 『양주몽』에는 '유증양(柳蒸羊)'
　　이라 되어 있다. 유증양은 양고기에 후추, 생강 등을 넣어 찐 요리이다.
257) 春秋(춘추): 봄과 가을에 지내는 제사.
258) 纏頭(전두): 기녀들이 노래나 춤을 마쳤을 때 손님들이 주던 비단과 돈을 가리킨
　　다.
259) 錦橙漿(금등장): 금귤 즙. 여기서는 맛좋은 술을 가리킨다.
260) 碧桃花(벽도화): 푸른 복사꽃. 가기(歌妓) 장호호(張好好)를 가리킨다.
261) 拿雲(나운): 하늘의 구름을 잡다. 뜻이 높고 강한 것을 가리킨다.
262) 錦封(금봉): 금귤즙의 봉인. 여기서는 술항아리를 연다는 뜻이다.
263) 兀自(올자): 아직. 여전히.
264) 假惺惺(가성성): 겉으로 호의를 베푸는 모양.

倒金瓶鳳頭，　捧瓊漿玉甌．　魘金蓮鳳頭，　顯淩波玉
鉤．265) 整金釵鳳頭，露春尖玉手．266) 若還天有情天也
老，春有恨春先瘦，山有眉山也顰皺．

[鵲踏枝]

花比他少風流，玉比他欠溫柔，端的是燕也銷魂，鶯也
藏羞．赤緊的櫻桃閉口，267) 呆答孩荳蔲藏頭．268)

[寄生草]

我空央及到十箇千歲，269)　他剛嚥了三箇半口．　險汚了
內家裝束紅鸞袖，270)　越顯出宮腰體態纖楊柳，　到添出
芙蓉顏色嬌皮肉．白處似梨花粧冷粉酥凝，紅處似海棠
暈暖胭脂透．

[幺篇]

磨鐵角烏犀冷，271)　點霜毫玉兎秋．272)　對明窗滄海龍蛇
走，蘸端溪石硯雲煙透，273) 拂羅牋湘水波文溜．投至得

---

265) 玉鉤(옥구): 옥고리. 여기서는 전족한 여인의 뾰족한 발을 가리킨다.
266) 春尖玉手(춘첨옥수): 가녀린 흰 손. 여인의 가늘고 긴 손가락을 비유한다.
267) 赤緊的(적긴적): 재빨리. 급하게.
268) 呆答孩(태답해): 멍하다. 넋 놓고 멍하게 있다.
　　荳蔲(두구): 두구꽃. 젊은 아가씨를 비유한다. 당(唐) 두목(杜牧)의 시 「증별(贈別)」
　　에 "야들야들 하늘하늘 열세 살 나이 이월 초의 두구 꽃망울이라(娉娉嫋嫋十三餘,
　　豆蔲梢頭二月初)"라는 구절이 있다.
269) 千歲(천세): 천세주(千歲酒).
270) 險(험): 더러워지다. 오박(汚薄)의 의미이다.
　　內家(내가): 황궁(皇宮). 궁궐.
271) 鐵角烏犀(철각오서): 먹.
272) 霜毫玉兎(상호옥토): 옥토호(玉兎毫). 흰털. 여기서는 붓을 가리킨다.
273) 端溪(단계): 광동성(廣東省) 고요현(高要縣) 동남쪽에 있는 지명. 중국의 벼루 생산

吳宮花草二十年,274) 費了些翰林風月三千首.

[後庭花]

應答得俏心兒投, 笑談得局面兒熟. 拼了我月夜攜紅
袖, 不覺的春風到玉樓. 這酒啊怎生嚥下咽喉, 動勞箇
田文生受.275) 氣昂昂才包今古吞宇宙, 焰騰騰噴吐虹
霓射斗牛. 寬綽綽拂袖紅雲出鳳樓, 興悠悠騰駕蒼龍遍
九州. 樂陶陶醉賞瓊花雙玉甌, 香拂拂斟一杯花露酒.

[青歌兒]

呀, 央及殺偸香偸香韓壽,276) 不驚回兩行兩行紅袖. 感
謝文章賢太守,277) 我是江海俊儒流, 傲宰相王侯. 咱賓
主相留, 敍筆硯交游, 會詩酒綢繆. 他悶倚紅樓, 櫪控
驊騮,278) 絲繫蘭舟. 潯陽江水悠悠,279) 蘆花楓葉颼颼.
紅蓼汀洲, 白芷林丘. 話不相投, 不爭聽徹琵琶楚江頭,
休淚濕了靑衫袖.

[尾聲]

지로 유명하다.
274) 吳宮(오궁): 당 두목의 「오궁사(吳宮詞)」2수를 가리킨다.
　　　花草(화초): 당 두목의 「춘만제위가정자(春晚題韋家亭子)」인 듯하다.
275) 田文(전문): 맹상군(孟嘗君). 전국(戰國) 시기의 귀족으로 식객이 많았던 것으로 유
　　　명하다. 술과 관련된 일화를 찾을 수 없어서 정확한 의미를 파악할 수 없다.
276) 央及(앙급): 청구하다. 간구하다.
　　　偸香韓壽(투향한수): 향을 훔치게 한 한수(韓壽). 『진서(晉書)·가충전(賈充傳)』에
　　　의하면, 가충(賈充)의 딸이 한수라는 남자와 눈이 맞아 그에게 집안에 있던 기이한
　　　향을 훔쳐 주었다고 한다.
277) 太守(태수): 당시의 양주태수(揚州太守) 우승유(牛僧孺)를 가리킨다.
278) 控(공): 고개를 숙이다. 말에게 먹이를 먹인다는 의미이다.
　　　驊騮(화류): 명마. 주(周) 목왕(穆王)의 팔준마 중 하나.
279) 이하 7구는 모두 당(唐) 백거이(白居易)의 「비파행(琵琶行)」을 배경으로 하고 있다.

比及客散畫堂中, 不隄防人約黃昏後. 這花啊不比泛常
牆花路柳, 這場事怎肯癡心兒幹索休.[280]   引惹得人强
風情酒病花愁, 掃愁帚强如捧箕手.[281]   者磨的頭鬢上
霜華漸稠,[282] 衫袖上酒痕依舊, 會風流到老也風流.

『全明散曲』(『楊夫人詞曲』)

---

280) 幹索(간색): 구하다. 요구하다.
　　 休(휴): 어기조사.
281) 掃愁帚(소수추): 시름을 쓸어내는 빗자루. 술의 별칭.
　　 箕手(기수): 키질하는 손. 여기서는 집안일을 하는 부인을 가리킨다.
282) 者磨(자마): 설사 ~ 라 하더라도.

유양풍월

【선려 · 점강순】

비단 밧줄로 매어놓은 용선
가련하게도 부질없이
버들 늘어선 수나라 제방에 있구나.
천고토록 근심하여
봄도 가고 「옥수후정화」 노래도 말라간다.

[혼강룡]

강산은 예전 같나니
죽서정에서 옛 양주를 노래하네.
희미하게 밝은 달
십리 이어진 붉은 기루.
사람은 조각 난간에 기대어 옥통소를 부는데
손으로 구슬주렴 걷어 올려 옥고리에 거네.
양주의 아름다운 경치
천하의 으뜸이라.
창과 방패 내려놓고 병사와 군마도 없는 태평성세
형벌 줄이고 세금 적어서 백성들이 한가롭게 노니네.
백이십 줄로 늘어서서 상인들은 사고팔고
팔만사천 개의 문을 지나 사람들은 풍류를 즐기네.
평산당과 죽서각에는 꽃 피어나고 잎 윤기 나며
구곡지와 소금산에는 백로와 갈매기 날아가네.
은행가와 미시가에는 용 같은 말이 달려가고
선지사와 산광사에는 개미처럼 사람들이 몰려드네.

솔향 풍기는 찻집에선 봉수차 향기롭고 부드럽고
「백설가」 울리는 술집에선 꾀꼬리 같은 목소리로 단판을 치네.
앞뜰과 이어지고 뒤뜰과 통하는 비늘 같은 섬돌과 기와
죽각을 에워싸고 비단 문과 가까운 거북 등껍질 조각의 창문.
승로반의 이슬과 신비한 꽃이슬로 맛좋은 술 빚어내고
비단으로 싼 양과 버들처럼 연한 양으로 진수성찬 차려내네.
관아를 보니 소매와 어깨 늘어뜨린 채 축국하기 좋아하고
교방에서 쉬니 맑은 노래에 춤 잘 추는 예인들이 익숙하네.
얇은 비단 걸치고 귀한 비단옷 입고서 질서정연하게 봄가을 제사를 안
배하고
현란하게 현을 타고 빠르게 피리 불면서 시끌벅적 밤낮을 가리지 않네.
수만 냥의 황금으로 웃음을 사고는
수천 필의 붉은 비단을 전두 값으로 치루네.

[유호로]

어찌하여 달빛 아래 등불 밝히고 꽃 아래서 노닐었나?
한창 술 마시며 수창에 흥겨워하며
나는 미인들 사이에서 취향후에 봉해졌었다.
금귤 술 떠내어
허황된 말하는 입을 헹구고
푸른 복사꽃 꺾어
구름 잡는 손으로 잡았었네.
국자감에서의 쓰라린 일 접어두고
한림원에서의 위축된 일 잡아 펴리라.
금귤 술 봉인을 풀기도 전에 향기 먼저 퍼지니
목마른 때라서 동정호 가을 물도 다 마실 기세라.

[천하락]

아직도 여전히 한 잔 술로 만 곡 시름 달랠 수 있지만
석 잔 술에 고개 든 것은
단지 내가 붉은 치마의 기녀 중 최고를 차지하길 바라서였네.
술 마실 때면 사래 들릴 정도로 들이붓고
꽃을 볼 때면 병이 날 지경이니
억지로 좋아하는 척하면 정말로 추해진다네.

[나타령]

금병의 긴 목을 기울여 따라서
신선의 술 담긴 옥 술잔 바쳐 들고
연꽃과 봉황 머리 오므린 듯이
물결 밟듯 사뿐한 흰 발을 드러내더니
금비녀를 매만지며
가녀린 흰 손을 드러낸다.
만약 하늘에게 정이 있다면 하늘도 늙을 것이요
봄에게 한이 있다면 봄도 먼저 마를 것이요
산에게 눈썹 있다면 산도 찡그리리라.

[작답지]

꽃도 그녀에 비하면 풍류가 적고
옥도 그녀에 비하면 부드럽지 않구나.
정말로 제비도 넋이 나가고
꾀꼬리도 부끄러워 숨을 판.
재빨리 앵두 입술 오므리는데
멍하니 두구 꽃봉오리 숨기는 듯.

[기생초]

내가 공연히 천세주 열 잔을 청하니
그녀가 막 석 잔 반이나 마시었네.
궁궐 식 단장한 붉은 난새 문양 소매가 살짝 더러워지고
궁녀의 허리 같은 가는 버들 허리가 갈수록 드러나는데
부용 같은 얼굴과 고운 살결 더해졌네.
흰 부분은 배꽃 화장처럼 차가운 분가루 엉기었고
붉은 부분은 해당화 빛처럼 따뜻한 연지 빛 스미었네.

[요편]

까만 먹을 가니 물소 뿔 같은 먹이 차가워지고
흰 붓을 적시니 옥토끼 같은 붓이 서늘해지네.
환한 창의 큰 바다 대하니 용과 뱀이 지나가고
단계의 돌벼루에 적시니 구름과 안개 스미며
비단 종이 스치니 상수의 물결이 흐르는 듯.
「오궁」과 「화초」의 구절 얻기까지 20년
한림원에서 시문 삼천 수를 허비했었네.

[후정화]

묻고 답하면서 좋은 마음 서로 맞았고
웃고 담소하면서 분위기 무르익었네.
달밤 붉은 꽃을 든 내 소매를 물리치는데
불현듯 봄바람이 옥루에 불어오네.
이 술을 어찌 목구멍으로 넘기랴
곤경에 빠진 맹상군처럼 힘들어질 텐데.
기세등등한 그 재주는 고금을 아우르고 우주를 삼키며

맹렬한 말솜씨는 무지개를 토해내고 북두성을 맞출 정도.
여유롭게 소매로 붉은 구름 스치며 봉루를 나서고
흥취 있게 청룡을 올라타고 구주를 돌아다니네.
즐거워하며 꽃문양 옥 술잔에 도취되고
향기 진한 꽃이슬 술 한 잔을 따르네.

[청가아]

아!
향을 훔치게 한 향을 훔치게 한 한수처럼 되길 간청했더니
놀라지도 않고 두 손의 두 손의 붉은 여인을 돌려주시네.
문재 있고 현명한 태수에게 감사드리나니
나는 천하의 빼어난 유생으로
재상과 왕후에게조차 오만하게 굴었었네.
우리는 주인과 손님으로 머물며
붓과 벼루를 펼쳐 교유하니
때마침 시와 술이 어우러졌네.
그는 근심스럽게 붉은 누각에 기대었다가
말구유에서 화류마를 먹이고
밧줄로 목란 배를 매어두네.
심양의 강물은 유유히 흐르고
갈대꽃과 단풍잎은 바람소리 내네.
붉은 여뀌 핀 모래톱과
흰 지초 난 숲 언덕.
말이 서로 맞지 않더라도
초강 가에서 「비파행」 애써 듣지 말고
눈물로 푸른 저고리를 적시지 말아야지.

[미성]

손님들이 채색 당에서 흩어질 무렵
황혼 후에 만나자는 약속을 막지 못하였다.
이 꽃은 평범한 담장 꽃과 길가 버들과는 비할 수 없으니
이 사태를 어찌 어리석은 이가 구할 수 있겠는가.
사람 부추겨 풍류놀음 권하여 술병 나고 꽃 시름 하게 하니
수심 쓸어내는 이 술이 키질하는 부인보다 낫겠구나.
설사 머리카락에 서리꽃이 점차 무성해져도
소매위의 술 자국은 여전하리니
풍류는 늙어서도 풍류이리라.

『전명산곡』(『양부인사곡』)

강소성(江蘇省) 양주(揚州) 수서호(瘦西湖)의 오정교(五亭橋)

【해설】이 작품은 [점강순(點絳脣)], [혼강룡(混江龍)], [유호로(油葫蘆)], [천하락(天下樂)], [나타령(那吒令)], [작답지(鵲踏枝)], [기생초(寄生草)], [요편(幺篇)], [후정화(後庭花)], [청가아(青歌兒)], [미성(尾聲)]의 11수로 이루어진 북곡 투수이다. 원 교길(喬吉)의 잡극『두목지시주양주몽(杜牧之詩酒揚州夢)』의 제1절 중 곡 부분만 발췌한 작품이다. 계지재본(繼志齋本)『원명잡극(元明雜劇)』에는 이 투수를 수록하면서 양신이 교정하였다고 주를 달았고,『오소합편(吳騷合編)』에는 황아가 썼다고 되어있으나 확실하지 않다. 또한 어떤 경위로 이 작품이『양부인사곡』에 수록되었는지 알 수 없다.

『두목지시주양주몽』은 당(唐)의 저명한 시인 두목(杜牧)과 기녀 장호호(張好好)의 사랑 이야기를 다룬 작품이다. 두목이 연회에서 우연히 알게 된 13살의 어린 기녀 장호호를 사랑하여 신분과 나이의 차이를 극복하고 결혼하였고, 그 후 방랑벽과 술에 빠져 살던 병적인 생활을 청산한 것은 너무도 유명한 일화이다. 제1절은 두목이 당시 양주태수(揚州太守)였던 우승유(牛僧孺)의 소개로 장호호를 만나는 상황을 묘사하였다. 북적거리고 활기 넘치는 저자거리의 모습, 술 마시고 노래하며 축국을 즐기는 흥겨운 분위기 등 당시 영화로웠던 양주의 풍경을 핍진하게 그려내었다. 작품에는 두목이 장호호를 보고 첫 눈에 반해 점점 좋아하게 되는 마음이 잘 드러나 있다.

황아의 생애와 작품 세계

　황아는 명 중기의 여성작가이다. 중국 여성 작가들은 명말청초에 집단적으로 등장하게 되고 명 중기까지 여성작가를 헤아려보면 손에 꼽을 수 있을 만큼 그 수가 적다. 명 중기를 살았던 황아는 시와 사와 곡에 모두 뛰어나 "재주가 여성들 중에 으뜸이다(才藝冠女班)"라는 평가를 받았다. 특히, 황아는 산곡사(散曲史)에 있어 중요한 위치를 차지하고 있는데, 황아 이전의 여성 산곡 작가들이 대부분 기녀들이었고 그 내용 또한 자신의 울분과 처지를 토로하였다면 황아는 규방의 여인으로 산곡이라는 장르를 본격적으로 사용하였다. 또한 내용에 있어서도 규방의 한은 물론 영물곡(詠物曲) 등의 장르를 통해 발랄하고도 재기 넘치는 품격을 보여주고 있다. 황아는 명대 여성 산곡에 있어서 "산곡에서의 이청조(曲中易安)"라는 칭호로도 알 수 있듯이 독보적 위치를 점하고 있을 뿐만 아니라 시에 있어서도 황아만의 진실하고 독특한 품격을 드러내고 있다.

1. 황아의 생애

　황아의 자는 수미(秀眉)로 사천성(四川省) 수녕현(遂寧縣) 사람이다. 황아는 명 홍치(弘治) 11년(1498)에 태어나 융경(隆庚) 3년(1569) 72세의 나이로 생을 마감했다. 아버지 황가(黃珂, 1449~1522)는 자가 명옥(鳴玉)으로 성화(成化) 20년(1484)에 진사가 되어 용양지현(龍陽知縣), 귀주순안(貴州巡按), 공부상서(工部尙書) 등의 주요 관직을 역임했다. 황아는 황가의 둘째 딸로 태어났으며 오빠 황봉(黃峰)과 남동생 황화(黃華) 등의 형제가 있었다. 황아는 어려서부터 아버지를 따라 줄곧 북경(北京)에서 생활하였으며 학문에 뛰어나고 시문을 잘 지었다.

황아가 22세 되던 해에 양신(楊愼, 1488~1559)의 전처인 왕씨(王氏)가 병으로 세상을 떠나자, 황아는 아버지의 주선으로 양신의 후처로 시집가게 된다. 양신은 자가 용수(用修), 호가 승암(升庵)으로 정덕(正德) 6년(1511)에 과거에 장원급제하여 한림원수찬(翰林院修撰)을 제수 받았으며 황아보다 10살이 더 많았다. 양신은 명대 삼대재자(三大才子) 중 한 사람으로 다방면에 있어 문재(文才)를 발휘하였고 이는 황아가 왕성한 창작활동을 하는 데 여러모로 도움을 주었다. 재주 많던 양신과 황아는 결혼 후에 서로 창화(唱和)하면서 행복한 나날을 보낸다.

그러나 행복한 신혼생활도 잠시, 갑작스런 불행이 예고 없이 닥치게 된다. 정덕(正德) 15년(1520)에 무종(武宗)이 죽고 왕위를 이을 자식이 없자 사촌동생인 세종(世宗)이 왕위에 오른다. 가정(嘉靖) 3년(1524) 세종은 자신의 아버지를 황고(皇考)의 자리로 올리려고 했는데, 이 일은 봉건예법에 어긋나는 일이어서 신하들이 모두 상소를 올리며 제지하게 된다. 양신 역시 문 앞에 꿇어앉아 울며 간언하다가 세종의 분노를 사서 운남성(雲南省) 영창위(永昌偉)로 좌천된다. 황아는 사천성과 운남성의 접경지대인 강릉(江陵)에서 울며 양신을 배웅하고 사천성 신도현(新都縣)으로 혼자 돌아온다.

1~2년 후 가정 5년(1526)에 시아버지 양정화(楊廷和)의 병이 악화되자 양신은 병문안 차 신도현으로 돌아오게 된다. 황아는 양신과 다시 재회하게 되지만 시아버지의 병이 나아지자 양신은 다시 운남으로 돌아가게 된다. 이 때 황아도 남편을 따라 운남으로 가서 같이 지내게 되는데, 3년 동안 낯선 땅에서의 생활은 황아에게 그리 녹록치 않았다. 당시 운남은 잦은 전쟁과 가뭄, 돌림병 등이 유행하여 그들은 운봉(雲峰), 이해(洱海), 조주(趙州) 등지를 옮겨다녀야만했다.

가정 8년(1529)에 시아버지가 병으로 돌아가시자 황아와 양신은 사천성으로 돌아와 장례를 지낸다. 장례가 끝난 뒤 양신은 다시 운남으로 돌아가게 되고 황아는 집안을 돌보아야 해서 신도현에 혼자 남게 된다. 이때부터 부부는 오랫동안 떨어져 살면서 거의 만나지 못한다.

가정 38년(1559) 양신이 죽기까지 장장 30년의 세월 동안 양신은 단지 5번 사천으로 돌아왔다. 황아와 양신 사이에 아이가 없었기 때문에 운남에 있던 양신은 첩 주씨(周氏)와 조씨(曹氏)를 들여 아들 둘을 얻는다. 사천에 혼자 남아있던 황아는 몸과 함께 마음까지 떠나버린 양신에 대해 원망의 마음이 점점 커져갔다. 양신이 마지막으로 사천으로 돌아왔을 때는 가정 37년(1558)으로 당시 양신은 70을 넘긴 나이였다. 휴가를 허락받아 고향에 돌아왔던 양신은 집에서 요양할 생각이었으나 또 다시 운남순무(雲南巡撫)에게 붙잡혀 운남으로 압송된다. 그 후 얼마 되지 않아 양신은 쓸쓸히 생을 마감했고 황아는 양신이 죽은 지 10년 후에 양신과 같은 나이로 삶을 마친다.

2. 황아의 작품 세계

곡절 많은 삶을 살았던 황아의 작품은 생애에 따라 그 경향이 확연히 다르게 나타난다. 황아의 생애는 크게 5분기로 나뉘는데, 제1기는 황아가 시집을 가기 전, 제2기는 양신에게 시집을 가서 행복한 신혼생활을 즐기던 때, 제3기는 양신 운남으로 좌천되어 잠시 떨어졌다가 다시 양신을 따라 운남으로 가서 생활하던 때, 제4기는 시아버지의 죽음으로 다시 사천으로 돌아왔다가 황아 혼자 남게 되는 시기, 제5기는 양신과 오랜 세월 떨어져 살며 양신이 첩을 들인 이후이다. 이에 황아의 생애 분기를 따라 작품의 창작 경향과 내용을 살펴보도록 하겠다.

제1기 재기발랄한 소녀의 감수성으로(1498~1519)

황아의 남아있는 시는 비록 10수밖에 되지 않지만 그 중 여러 작품이 바로 황아가 시집가기 전에 쓴 작품들이다. 황아는 산곡 작품으로 유명하지만 시집가기 전의 작품에는 산곡이 한 수도 없다. 그러나 이 때 지은 시 작품인 「규방에서(閨中卽事)」, 「탁문군(文君)」, 「최앵앵(鶯鶯)」에서는 황아의 섬세한 감수성과 사랑에 대한 소녀의 기대감을 엿볼 수 있다.

특히, 「규방에서」의 "웃으면서 금비녀로 붉은 창호지 찔러, 한 가닥 매화향기 끌어들이네. 개미도 때 이른 봄기운이 좋은지, 꽃잎에 매달려 동쪽 담장에 오르네(金釵笑刺紅窓紙, 引入梅花一線香. 螻蟻也憐春色早, 倒拖花瓣上東墻)"에서는 규방에 있던 소녀가 봄 내음을 맡으려고 창호지에 구멍을 뚫는 귀여운 행동을 세밀하게 묘사하였다. 개미가 꽃잎을 타고 동쪽 담장을 오르는 모습 또한 자세히 묘사하고 있는데, 새로운 기교를 사용해서 화려하게 꾸미기보다 오히려 사실 그대로의 모습을 직설적으로 표현함으로써 재기발랄한 소녀의 매력을 보여주고 있다. 봄과 관련된 벌이나 나비가 아닌 개미 같은 소재를 사용하고 있는 데서 황아만의 독특한 감성을 느낄 수 있다.

「탁문군」과 「최앵앵」에서는 사마상여(司馬相如)와 탁문군(卓文君), 장생(張生)과 최앵앵(崔鶯鶯)의 애정 이야기를 빌어 자신의 사랑에 대한 바람과 추구를 진술하게 표현하였다. 「탁문군」에서는 "관과 갓끈 걸려있고 옥비녀는 싸늘하네(掛客冠纓玉釵冷)"라는 구절을 통해 사마상여와 탁문군의 적극적인 사랑을 대담하게 묘사하였고 「최앵앵」에서는 "달빛 싸늘한 서쪽 사랑채에 꽃 안개 덮이고, 지는 노을 담장 동쪽의 나무에 흩어지네(西廂月冷蒙花霧, 落霞零亂牆東樹)"라는 구절을 통해 황아가 자신을 앵앵과 동일시하면서 자신도 앵앵처럼 진정한 사랑을 찾길 바라는 마음을 담고 있다. 이처럼 황아는 꿈도 많고 소망도 많았던 재기발랄한 소녀였다.

제2기 짧지만 행복했던 신혼생활(1519~1524)

양신의 아버지 양정화와 황아의 아버지인 황가는 우의가 두터웠다. 당시 상처한 양신에게 황아를 소개해 준 것도 바로 황가였다. 당시 양신은 24세의 젊은 나이에 과거를 장원으로 급제한 재자(才子)였고 황아는 재주가 뛰어난 가인(佳人)이었다. 재자와 가인의 만남, 두 사람은 결혼 후에 서로를 존중하고 아끼며 행복한 신혼생활을 즐기게 된다. 이 시기 황아의 작품에는「정원의 석류나무(庭榴)」등의 시와 〈무산일단운(巫山一段雲)〉,【월조(越調)·천정사(天淨沙)】,【중려(中呂)·주운비(駐雲飛)】4수 등의 사곡이 있다. 작품의 대부분은 행복하고 단란했던 신혼의 느낌을 잘 전달해준다. 특히, 사곡은 시보다 진솔하고 솔직한 감정을 그대로 드러내기 때문에 신혼의 느낌이 매우 잘 살아있다.

황아의 대표작이라고 할 수 있는【월조·천정사】는 작품 전체를 첩어로 표현하며 리드미컬하게 신랑의 멋스러움과 신부의 현숙함을 칭송하고 있다. "신부의 흰칠한 신랑이 풍류와 운치 많길 시시각각 바라노라. 마음으로 바라는 건 한 쌍의 비익조(哥哥大大娟娟, 風風韻韻般般, 刻刻時時盼盼. 心心願願, 雙雙對對鶼鶼)", "흰칠한 신랑의 신부는 아름답고 부드러움 많아서 하는 일마다 점점 좋을시고. 감추고 숨기며 나서지 않으니 다들 말하길 대대로의 부인감(娟娟大大哥哥, 婷婷嫋嫋多多, 件件堪堪可可. 藏藏躲躲, 嘈嘈世世婆婆)" 1수의 대상은 바로 풍류와 운치 많은 신랑 양신이고 2수의 대상은 아름답고 부드러움 많은 황아이다.

〈무산일단운〉에서도 황아는 양신과의 행복한 신혼생활을 과감하게 노래하였다. "무산 신녀는 아침마다 곱고 양귀비는 밤마다 아리땁다. 지나는 구름 힘없이 가는 허리에 막히는데 아름다운 눈에는 홍조가 번져 있다(巫女朝朝艷, 楊妃夜夜嬌. 行雲無力困纖腰. 媚眼暈紅潮), 서왕모는 구름머리 빗질하고 단랑은 비취깃털 정돈한다. 일어나 비단버선으로 난초꽃을 밟는데 한 번 보고 또다시 넋이 나가누나(阿母梳雲鬢, 檀郎整翠翹. 起來羅襪步蘭苕. 一見又魂銷)" 이 작품에서는 무산 신녀, 양귀비, 서왕모, 반악 등의 신화 인물이나 역사 인물을 제시하면서 황아와 양신의 사랑을 신비하면서도 노골적으로 담아내고 있다. 신혼 시절, 두 사람은 보기만 해도 넋이 나갈 정도로 사랑에 빠져있었다. 그러나 이처럼 행복했던 신혼생활은 양신이 운남으로 폄적되어 가면서 그리움과 애달픈 마음으로 바뀌게 된다.

제3기 낯선 운남에서의 생활(1524~1529)

양신이 세종의 미움을 사서 운남으로 폄적되어 가면서 이 아름다운 부부에게도 비극적 운명이 시작되었다. 신혼생활 중에 일어난 갑작스런 이별은 황아에게 아픔과 그리움을 가득 남겼다. 양신과 막 이별한 후부터 양신이 돌아온 1년 사이에 지어진 작품에는 「이별하는 심정(別意)」 등의 시와 【남려(南呂)·일지화(一枝花)】, 【상조(商調)·이랑신(二郞神)】, 【상조(商調)·황앵아(黃鶯兒)】2수 【쌍조(雙調)·수선자대과절계령(水仙子帶過折桂令)】, 【월조(越調)·투암순(鬪鵪鶉)】등의 사곡이 있는데, 모두 헤어져 지내는 남편에 대한 그리움이 가득 담겨 있다.

【쌍조·수선자대과절계령】에는 매우 생동적으로 양신과 헤어지는 슬픔과 애달픔을 노래하였다. 이별 노래의 대명사인 「양관곡(陽關曲)」을 부르며 "눈 뜬 채 남북으로 헤어지(眼睜睜面北眉南)"는 장면을 묘사하면서 자신의 불안한 감정을 혼자 되뇌듯이 구어체(口語體)로 생생하게 표현하였다. "좋은 사람들은 저이 따라 가버리니 상사병으로 시름시름(好箇人人, 從他去去, 鬼病懨懨)"이라든가 "소금처럼 짜고 식초처럼 시다네. 당신도 바보 같이 굴지 말라 나도 바보 같이 굴지 않을 테니(鹽也般鹹, 醋也般酸. 你也休憨, 我也休憨)"같은 표현은 유행가 가사처럼 매우 솔직하고 직설적이다.

운남에 갔던 양신이 아버지의 병문안으로 잠시 돌아온 후 황아는 남편을 따라 운남으로 내려가 같이 지내게 된다. 타향이긴 하지만 양신과 함께 하는 생활이 행복할 거라 생각했던 황아는 그곳 생활에 적응하지 못한다. 운남이라는 낯선 장소, 낯선 사람, 낯선 환경 속에서 황아는 힘든 시기를 보낸다. 양신은 친구들이나 제자들과 함께 명산대천을 돌아다니는 것을 매우 좋아했다. 양신은 학자답게 운남의 소수민족에 대해서도 관심을 가져 소수민족의 역사나 풍속, 생활 자료를 수집하기도 했다. 그러면서 황아를 낯선 땅에 홀로 두는 일이 많았다. 이 시기 황아의 작품으로는 【중려(中呂)·빙란인(憑闌人)】「족고(足古)」 4수, 【중려(中呂)·주운비(駐雲飛)】「족고시(足古詩)」 4수, 【쌍조(雙調)·침취동풍(沉醉東風)】등이 있는데, 모두 힘든 운남 생활에 대해 묘사하고 있다.

【중려·빙란인】「족고」 4수를 보면, "궁궐 식 머리모양에 운남 방식을 배우지 말아야지(休教宮髻學蠻粧)"(제1수), "말씨에 남방 사투리 배우지 말아야지(休教語學蠻聲)"(제2수), "눈썹먹으로 운남의 안개 빛을 그려내지 말아야지(休教眉黛掃蠻烟)"(제3수), "버들 허리에 운남 여인의 허리 배우진 말아야지(休教楊柳學蠻腰)"(제4수)라고 하며 운남의 머리모양, 운남의 사투리, 운남의 눈썹 모양, 운남의 허리장식이 모두 싫다고 직접적으로 표현하였다. 첫 구절부터 "배우지 않겠다(休教)"고 강한 어조로 말하면서 운남에 적응하는 것이 어려워 빨리 고향에 돌아가고 싶은 바람을 드러내었다.

제4기 또 다시 이별하며(1530~1534)

양신은 아버지의 병고를 듣고 황아와 함께 다시 사천으로 향한다. 1개월가량 집에 머물면서 장례를 치룬 양신은 황아를 사천에 남겨두고 또 다시 운남으로 가게 된다. 양신은 황아가 운남에 적응하기 힘들어하는 것을 생각해 황아에게 집안일을 모두 맡기고 떠났지만 둘은 이 이별로 인해 마음까지 멀어지게 된다. 이 시기 작품으로는 「남편에게 부치다(寄外)」, 「제목 없이(失題)」의 시와 〈풍입송(風入松)〉, 【남려(南呂)·일지화(一枝花)】, 【쌍조(雙調)·낙매풍(落梅風)】 4수, 【중려(中呂)·주마청(駐馬聽)】 4수, 【쌍조(雙調)·청강인(淸江引)】 2수, 【중려(中呂)·홍수혜(紅繡鞋)】 등의 사곡이 있다.

이 시기 작품들은 대부분 과거의 행복했던 시절을 추억하거나 아니면 혼자 남겨진 자신의 서글픔을 드러내었다. 그 중 황아의 【중려·주마청】 4수는 양신과의 두 번째 이별의 심경을 잘 표현하였는데, 제2수의 "이별을 일찍이 경험했건만 이번처럼 정말로 참담하진 않았다(離別曾經, 不似今番最慘情)"나 제3수의 "눈물어린 눈으로 꽃을 보니 떠날 때 전송하던 모습 생각난다(淚眼看花, 記得臨行相送他)"라고 하면서 이별에 대한 추억과 두 번째 이별에 대한 참담한 심정을 직설적으로 노래하였다.

이전의 황아 작품에서는 산뜻하고 발랄한 품격을 느낄 수 있었다면 이 시기 작품들은 매우 성숙해 있음을 알 수 있다. 분명 여전히 많은 작품 속에서 양신과의 이별에 대한 회한과 슬픔이 묻어나긴 하지만 운남이라는 타지에서의 생활과 삶의 여러 곡절을 겪으면서 황아의 작품들은 사상적으로나 예술적으로 좀 더 세련스러워졌다. 황아의 대표작이라고 일컫는 【상조(商調) · 황앵아(黃鶯兒)】「궂은 비(苦雨)」는 내용적으로나 형식적으로 좋은 평가를 받는 작품이다. "오랜 비는 봄추위 빚어내고, 밤비는 빈 섬돌에 떨어지네. 그쳐가는 비는 희미한 무지개 띄우고, 가랑비는 풀빛을 축촉이 적시네(積雨釀輕寒, 夜雨滴空堦, 霽雨帶殘虹, 絲雨濕流光)" 오랜 비(積雨), 밤비(夜雨), 그치는 비(霽雨), 가랑비(絲雨)라는 매구마다 다른 모습의 비를 묘사하면서 홀로 지내는 심경을 담담하게 표현하였다. 이에 왕세정(王世貞)은 『예원치언(藝苑卮言)』에서 양신이 화답한 사 두 수보다 이 작품이 더욱 뛰어나다고 칭찬하면서 황아의 문학적 감각을 높이 평가하였다. 이처럼 사천에 홀로 남겨진 황아는 집안을 보살피며 울적한 생활을 하고 있었고 운남에 있는 양신은 운신이 자유롭지 못한 상태였기 때문에 다시 사천으로 돌아오는 일이 매우 적었다.

제5기 기나긴 이별에 그리움이 원망으로 바뀌고 (1535~1569)

황아와 양신의 이별은 영원히 끝나지 않을 듯이 계속되었다. 황아와 양신 사이에는 아이가 없었고 이를 빌미로 양신은 첩을 들이게 된다. 가정 13년(1534)에 양신은 주씨(周氏)를 맞이했고 2년 후 아들 하나를 얻었다. 가정 21년(1542)에는 또 조씨(曹氏)를 맞아들였고 두 번째 아들을 얻었다. 이 후 황아는 감정적으로 매우 큰 상처를 입게 된다. 양신이 운남에서 수자리를 서느라 멀리 떨어져 지내는 것은 견딜 수 있는 일이었지만 새로운 사랑에 눈이 멀어 자신을 돌보지 않는다는 사실은 황아에게 있어 삶을 지탱해 오던 힘을 잃어버리는 것과 같았다.

이 시기 황아의 작품으로는 「남편 승암에게 부치며(寄升庵)」 2수, 「또 남편 승암에게 부치며(又寄升庵)」 등의 시와 【선려입상조(仙呂入雙調)·유요금(柳搖金)】 4수, 【쌍조(雙調)·절계령(折桂令)】 2수, 【쌍조(雙調)·안아락대득승령(雁兒落帶得勝令)】등의 사곡이 있는데, 이미 양신에 대한 마음이 그리움을 넘어 원망이 가슴 한가득 쌓여있었다는 것을 알 수 있다.

「또 남편 승암에게 부치며(又寄升庵)」를 보면 양신에 대한 설움이 잘 드러난다. "하릴없이 서신을 하늘가에 부치는데, 헤어진 뒤 한 해 가고 또 한 해 간다. 당신도 절로 돌아올 계책 없으니, 청산 어딘들 두견새 울지 않으랴(懶把音書寄日邊, 別離經歲又經年. 郞君自是無歸計, 何處靑山不杜鵑)" 황아는 자신의 마음을 담아 부지런히 편지를 보내지만 양신에게서는 답장도 없고 돌아올 기약도 없다. 세월은 한 해 가고 두 해 가며 무정하게만 흘러간다. 마지막 구절에서는 슬픔에 목에서 피가 나도록 울었다는 두견새를 빌어 자신의 심정을 노래하였다. 두견새처럼 피울음 울고 있는 황아의 심정이 얼마나 참담하였는지 알 수 있다.

산곡에서는 더욱 실감나게 양신에 대한 원망을 쏟아내고 있다. 【쌍조·절계령】 1수에서는 양신을 "세 번이나 내 마음 저버린 저 나쁜 이(三負心那箇喬人)"라고 칭하면서 "병상에서 밤새우던 나를 걱정해주지도 않았고, 장기 어린 운남에서 봄에 근심하는 나를 걱정해주지도 않았네. 남겨진 베개와 쓸쓸한 이불 속의 나를 걱정해주지도 않았고, 산세 험한 빈 관사에 있는 나를 걱정해주지도 않았고, 홀로 외로운 별자리 같은 나를 걱정해주지도 않았네(不念我病榻連宵, 不念我瘴海愁春. 不念我剩枕閑衾, 不念我亂山空館, 不念我寡宿孤辰)"라고 노래하였다. "걱정해주지 않았다(不念)"는 말로 양신이 황아를 돌보아주지 못한 일을 하나하나 열거하면서 마치 가슴 속에 엉겨있던 원망의 말들을 모두 내뱉고 있다. 그래서 "차를 마시든 말든 밥을 먹든 말든 전혀 흥미도 없고, 죽든 말든 살든 말든 무슨 관심이 있겠는가. 소식마저 끊어지니, 이 무슨 까닭인가. 호사다마라더니, 저 하늘도 화를 내리라(茶不茶飯不飯全無風韻, 死不死活不活有甚精神. 阻隔音塵, 那箇緣因. 好事多磨, 天也生嗔)"라고 소리치며 자신에게 관심도 없는 양신에게 화를 내고 있다. 소식도 전하지 않는 양신을 원망하면서 오죽하면 하늘까지도 화를 낼 것이라고까지 표현하고 있는 데서 황아의 아픔이 느껴진다.

이렇듯 황아의 시와 사와 곡은 바로 황아의 삶 자체라고 할 수 있다. 황아는 있는 그대로의 바람을, 행복함을, 원망을, 미움을 작품 속에 오롯이 담아내었다. 이것이 바로 황아 작품의 세계이고 특색이다.

명대여성작가총서❻황아시사곡
··
꿈은 구름 낀 저 남방에

지은이 ‖ 황아
옮긴이 ‖ 김수희 김지선 정민경
펴낸이 ‖ 이충렬
펴낸곳 ‖ 사람들

초판인쇄 2014. 6. 20‖초판발행 2014. 6. 25‖출판등록 제395-2006-00063‖주소 경기
도 파주시 탄현면 갈현리 668-6‖대표전화 031. 969. 5120‖팩시밀리 0505. 115. 3920
‖e-mail. minbook2000@hanmail.net

ISBN 979-11-85501-01-7 93820